KB271623

인도의 지혜, 히또빠데샤

나라야나 지음

이 지 수 옮김

통나무

목 차

이끄는 말(序)

도올 김용옥

    우화(fable)란 사람처럼 행동하고 말하는 동물의 이야기이다. 그런데 우리 동아시아문화권에서는 동물을 사람처럼 행동하고 말하는 존재로서 인지하는 것을 금기시했기 때문에 우화가 발달하지 않았다. 유교문화는 기(氣)의 차별성을 강조했으며, 인간과 동물은 기의 청·탁이나 수·박에 의하여 엄격히 구분되는 존재였다.

    우리나라 민화에도 호랑이나 토끼, 까치, 여우 등등의 우화적 존재가

자주 등장하는데 이것 역시 유교 문화권에서 고래로부터 성립한 이야기
라기보다는, 불교설화의 영향으로 후대에 생겨난 민담으로 간주되는 것
이 더 자연스러울 것이다. 그런데 불교설화의 우화적 성격은 근본적으
로 인도문명의 알레고리적 이야기들(allegorical tales)에서 유래된 것이
다.

　　우화로서 세계적으로 가장 유명한 것은 이솝이야기이다. 그런데 이
이솝이야기의 저자인 이솝(Aesop)에 관해서는 너무도 이설이 많다. 기
원전 5세기의 헤로도투스는 자기보다 1세기 전에 살았던 한 노예였다고
기술하고 있는가 하면, 기원후 1세기의 플루타크는 이솝이 기원전 6세
기 리디아의 왕인 크로에수스(Croesus)의 조언자였다고 말한다. 어떤 이
는 그가 트라키아(Thrace)에서 왔다 하고, 어떤 이는 또 그의 문체가 프
리기아 사람임을 반영한다고 말한다. 기원후 1세기 에집트에서 성립한
이솝의 전기는 그가 사모스섬의 노예였는데 그의 주인으로부터 자유를
획득한 후 바빌론으로 가서 리쿠르구스 왕(King Lycurgus)의 수수께끼해
결사로서 활약했고 결국 델피에서 죽음을 맞이했다고 기술하고 있다.
결국 이 다양한 기술은 무엇을 의미하는가? 아무도 이솝이 누군지를 모
른다는 것이다. 이솝은 그냥 이솝이야기의 주인공이었고, 이솝이야기는
우화의 대명사였을 뿐이다. 오늘 우리가 알고 있는 이솝이야기는 기원
후 1세기 로마에서 파에드루스(Phaedrus)가 편집한 문헌에 의존하고 있
다.

　　이솝이야기가 이솝이야기로서 본격적으로 동양에 소개된 것은 16세

기 일본에 있는 제수이트회 선교사들의 번역을 통해서였다. 그러나 이솝이야기가 16세기 제수이트 선교사들에 의하여 처음으로 동방에 소개되었다고 말하는 것은 세계문명교류사를 너무 단순하게 이해하는 것이다. 이솝이야기와 불교를 통해 소개된 수없는 쟈타카나 우화문학은 결국 공통된 아키타입의 다른 변형일 뿐이기 때문이다. 그 공통된 조형은 대강 소아시아·페르시아지역에서 형성된 것으로 보인다. 그것이 희랍으로 가서 이솝이야기로 정착되었고, 인도로 와서는 오늘 『히또빠데샤』로 정리되어 있는 이러한 우화문학의 다양한 전승으로 정착되었던 것이다.

우리는 불교라는 교리의 체계를 삼법인이나 연기설 등 너무 딱딱하고 현란스러운 이론의 체계로서만 생각하기 쉽다. 그리고 그것을 어떠한 특수한 체험이나 신비로운 영력의 세계로 실체화하기 쉽다. 그러나 종교란 결국 삶의 지혜일 뿐이다. 불교가 설파하는 해탈이니 멸집이니 열반이니 하는 것들이 모두 일상적 인간이 살아가는 삶의 지혜에 관한 것이다. 이러한 지혜를 우화로 표현하든 종교적 설법이나 진리로 표현하든 그것은 동등한 자격을 지니는 것이다. 불교의 교리도 결국 인도문명이라는 거대한 삶의 체계의 일부라는 사실을 우리는 깨달아야 한다. 『히또빠데샤』의 우화가 말해주는 진리나 초기불교경전인 『숫타니빠타』가 우리에게 전해주는 목가적 설법은 모두 동일한 문명에서 성립한 동일한 인간의 깨달음에서 우러나온 것이다.

『히또빠데샤』는 원래 아름다운 운문으로 되어있으며 산스크리트어 공부를 위하여서는 가장 전범이 되는 텍스트로서 정평이 나있었다. 이러한 텍스트를 우리말로 번역하는 작업은 결코 쉬운 일이 아니다. 일본과 같은 타문화권에서 성립한 텍스트를 그냥 베껴 출판하는 그런 어리석은 짓들은 이제 그만두어야 한다. 최근 나는 조선민족독립운동사를 공부하기 위하여 일본의 근현대사에 관한 미국학자의 중요한 저작을 탐독했는데, 그 책의 번역자가 일본어의 에이비씨도 모르는 사람이라는 인상을 받았다. 고유명사가 거의 모조리 틀려있을 뿐 아니라 중요한 원어개념들이 그릇되게 표기되어 있어 마구 혼동을 일으켰다. 이제 우리나라에도 일본사 전공자가 적지 않을텐데 아직까지 이런 수준에서 주요저작이 우수출판사에서 번역·출간되고 있다는 사실에 경악에 가까운 충격을 받았다.

이제 우리 학계는 더 이상의 위선이나 거짓을 감내하면 안된다. 고전학의 엄밀한 실력의 기초 위에서 고전의 세계가 우리에게 전달되어야 한다. 산스크리트 원전의 세계에 관하여서는, 이지수 선생의 필로로기의 엄밀성은 항상 나의 외경의 대상이었다. 『히또빠데샤』가 얼마나 철저한 원전의 분석 위에서 우리말로 옮겨졌는가 하는 이지수 선생의 작업의 일단이 이 책의 말미에 부록으로 실려있다. 후학들의 영원한 귀감이 되리라고 생각한다.

『히또빠데샤』를 읽는 후학들에게 내가 감안해서 읽어주었으면 하는 두 가지 주제가 있다. 그 하나는 부자에 대한 존숭이요, 또 하나는 여자에 대한 비하이다. 이 두 가지가 모두 인도에서 이 책이 쓰여질 당시의 시대상과 가치관을 반영한다고 보아야 한다. 그 나름대로의 이유가 있겠으나 그것을 나의 실존적 진리로 받아들이는 것은 비판적 검토를 요할 것이다.

　우화는 윤회를 전제로 한 불교적 설화와는 또 다른 알레고리의 세계다. 그것은 평범한 이야기이지만, 동물로 구현된 캐릭터들의 행동을 통하여 인간의 우매함과 허약함을 여지없이 폭로시킨다. 그리고 어떠한 코믹하고도 미묘한 도덕적 가치를 우리에게 전달한다. 나는 우리나라의 젊은이들이 『히또빠데샤』와 같은 영감에 찬 작품을 읽고, 죠지 오웰(George Orwell, 1903~1950)의 『동물농장』과도 같은 위대한 우화적 상상력을 발휘해 주었으면, 그리고 나른하고 안일한 삶의 궤도에서 벗어나 적극적 미래를 개척해 주었으면 한다. 오웰의 실천적 삶의 역정 그 자체가 하나의 우화였다. 오웰이 인도의 벵갈에서 태어난, 영국문관의 아들이었다는 사실도 결코 우연은 아니었을 것이다.

2005년 3월 1일
이 땅에 독립만세의 함성이 울려퍼진 날

역 자 서 문

　'히또빠데샤'는 유익한(hita) 가르침(upadeśa)이라는 뜻으로, 우화의 형식을 빌어 생활과 처세에 관해 문자그대로 유익하고 지혜로 번뜩이는 교훈들을 풍부하게 담고 있는 산스끄리뜨(범어) 문학의 고전으로서 가장 대중적인 작품 가운데 하나이다. 저자는 나라야나(Nārāyaṇa)로 알려져 있으며, 저작 연대는 불확실하나 최고(最古)의 사본이 1371년에 쓰여졌으므로 적어도 600년 이전의 작품인 것은 확실하다.

　『히또빠데샤』는 「서장」에서도 밝히고 있듯이 처세의 지혜를 가르치려는 목적 외에도 범어의 다양한 표현법과 화법에 대한 가르침을 베푼다는 어학적 목적을 겸하고 있다. 사실 『히또빠데샤』는 인도에서나 서양에서나 범어 학습자에게 필수적인 교과과정으로 인식되고 있다. 그만큼 『히또빠데샤』의 범어 문체는 우아하고 세련된 것으로 정평이 나 있다.

서장을 제하면 우정의 획득(mitra-lābha), 우정의 파괴(suhṛd-bheda), 전쟁(vigraha), 화해(saṃdhi)의 네 장으로 구성되어 있다. 서장에서는 『히또빠데샤』의 목적, 주제 그리고 이야기의 발단을 밝히고 있다. 아쇼까 왕 시대의 수도이기도 했던 빠딸리뿌뜨라(오늘날의 빠뜨나)에 수다르샤나라는 덕망 높은 왕이 있었는데, 그의 아들들이 배움을 싫어하고 올바로 자라지 못하는 것을 한탄하고 있던 차에 왕자들을 맡아 교육을 시켜 줄 스승을 찾게 된다. 마침 위슈누샤르마라는 스승이 왕자들을 6개월 안에 새 사람으로 만들어 보겠노라고 제의한다. 그는 지도자로서 알아야 할 처세와 치세의 지혜를 갖가지 동물이 등장하는 재미난 이야기를 통해 전달함으로써 왕자들의 흥미를 이끌어 낸다. 왕궁의 테라스가 무대가 되어 스승이 왕자들에게 들려주는 이야기가 『히또빠데샤』의 내용을 이루고 있다.

서장에서도 밝히고 있듯이 『히또빠데샤』는 그보다 이전에 저작된 『빤짜딴뜨라』로부터 가려 뽑은 것에다 저자 자신의 창작을 보태어 만들어졌다. 그러나 후자가 주로 산문임에 대해 『히또빠데샤』는 소위 짬뿌 문학형식에 따라 산문과 운문이 교체되면서 전개되는 특징을 갖고 있으며, 운문의 수도 상당히 많아 730여개에 이른다. 그리고 이 운문들은 경구나 격언의 성격을 갖는 주옥같은 내용이다.

『히또빠데샤』의 또 다른 특징은 이야기의 전개방식이다. 각 장은 중심 테마에 바탕한 줄기 이야기를 가지면서 그 속에 여러 개의 독립된 이야기들이 가지를 치고 연결되어 전체적으로는 각 장이 하나의 유기적인 통일체를 이루고 있다. 책의 차례에 보이는 이야기들은 줄기 이야기에 붙은 가지 이야기들이다. 그런데 하나의 가지에서 다른 잔가지가 나오듯이 예를 들면 A라는 이야기 속에서 A^1라는 이야기가 나오고, A^1에서 A^2라는 이야기가 파생되므로 책을 읽다 보면 흔히 줄기 이야기를 잊어버리고 혼란을 일으키게 되는 경우가 적지 않다. 그러한 혼란을 피하게 하기 위하여 역자는 중간에 (줄기 이야기의 계속) 혹은 (제 몇 화의 계속)과 같은 표시를 했다.

이하에서 독자의 편의를 위해 각 장의 줄기 이야기와 가지 이야기의 화자와 주제를 밝히고자 한다. 앞의 괄호안은 화자를 가리키며, 그 다음은 주제이다.

제1장 우정의 획득

줄기 이야기: 비둘기(찌뜨라그리와)와 까마귀(라그후빠따나까)와 생쥐(히란야까)와 거북이(만타라)와 사슴(찌뜨랑가) 이 우여곡절 끝에 좋은 친구가되어 서로 도우며 잘 살게 되다.

제1화: (줄기 이야기 속의 비둘기)탐욕이 생명을 잃게 하다.

제2화: (생쥐 히란야까)친구를 함부로 사귀는 것의 위험성.

제3화: (제2화 속의 까마귀 수뿐드히)잘 모르는 자에게 거처를 제공함으로써 빚어지는 화.

제4화: (줄기 이야기 속의 생쥐)좋은 곳을 버리고 거북이 만타라가

사는 황량한 숲으로 오게 된 생쥐의 사연.

제5화: (제4화 속의 위나까르나)여성의 본성과 지혜.

제6화: (줄기 이야기 속의 거북이)저축은 중요하지만 지나치면 화

근이 될 수 있다.

제7화: (생쥐 히란야까)남의 말을 경솔히 믿고 행동하는 것의 위

험성.

제8화: (제7화 속의 중신쟁이 여인)힘으로 안 되는 것도 계략으로

써 목적을 이룰 수 있다.

제II장 우정의 파괴

줄기 이야기: 사자 상지와까와 수소 삥갈라까의 우정이 두 마리

재칼 까라따까와 다마나까의 간계와 이간에 의해

깨어지다.

제1화: (재칼 까라따까)쓸데없는 일에 간섭함이 초래하는 화.

제2화: (재칼 까라따까)역시 남의 일에 간섭함으로써 일어나는 화.

제3화: (재칼 다마나까)하인은 주인이 그들의 필요를 느끼도록 만

들어야 한다.

제4화: (재칼 다마나까)원인을 모르고 단지 겉으로 나타난 것만을

보고서 당황해서는 안 된다.

제5화: (재칼 다마나까)자기의 고통의 원인은 자신의 과오의 결과이다.

제6화: (재칼 다마나까)여성의 기지.

제7화: (재칼 다마나까)힘으로 불가능한 것은 지략으로 이룰 수
있다.

제8화: (제7화 속의 수까마귀)약자가 지략으로 강자를 물리치다.

제9화: (재칼 다마나까)권력의 위계와 자기의 분수.

제Ⅲ장 전 쟁

줄기 이야기: 백조왕 히란야가르브하와 공작왕 찌뜨라와르나의
전쟁에서 백조왕이 까마귀 메그하와르나의 배신으
로 패하다.

제1화: (줄기 이야기 속의 두루미 디르그하무카)아무에게나 충고를
줌으로써 입는 화.

제2화: (백조왕)나와 적의 강점과 약점을 잘 파악하지 않으면 적
에게 능멸당한다.

제3화: (공작왕의 부하 새)힘없는 자일지라도 힘있는 자 가까이
있으면 그 덕을 입는다.

제4화: (공작왕의 사신 앵무새)악한 자와 사귐으로써 당하는 재앙.

제5화: (앵무새)위와 같은 주제.

제6화: (앵무새)달콤한 아첨의 말에 넘어가선 안된다.

제7회: (백조왕의 재상 짜끄라와까)동지와 적을 구분하지 못하고
적 편에 설 때 초래되는 화.

제8화: (백조왕)왕의 신하에 대한 신뢰와 신하의 왕에 대한 충성
심.

제9화: (백조왕의 재상 짜끄라와까)남이 노력으로 얻은 부를 단지
　　　　탐욕심으로 뒤쫓는 자의 말로.

제Ⅳ장 화 해

줄기 이야기: 전쟁으로 쌍방의 피해가 커지자 공작왕의 독수리
　　　　　　재상 두라다르시('멀리 보는 자'라는 뜻)와 백조왕의
　　　　　　재상 짜끄라와까(사르와갸 '一切知者'라고도 부름)의
　　　　　　중재와 협상으로 두 왕이 평화 협정을 맺다.

제1화: (백조왕의 재상 짜끄라와까)진실한 친구의 바른 충고를 거
　　　　부함으로써 초래되는 화.

제2화: (제1화 속의 거북이)재난에 대처하는 세 가지 태도.

제3화: (제2화 속의 한 물고기)위기를 임기응변으로 넘기다.

제4화: (제1화 속의 두루미)의외의 사고에 대비해야 한다.

제5화: (독수리 재상)과도한 은혜가 오히려 화를 부를 수 있다.

제6화: (독수리 재상)지나친 욕심이 부른 재앙.

제7화: (독수리 재상)불가능한 것에 대한 몽상이 부른 화.

제8화: (독수리 재상)승리가 불확실할 때에는 힘이 대등해도 화친
　　　　을 맺는 것이 현명하다.

제9화: (까마귀 메그하와르나)악인의 기만술은 피하기 어렵다.

제10화: (까마귀 메그하와르나)위와 같은 주제.

제11화: (까마귀 메그하와르나)목적의 성취를 위해서는 일시적으
　　　　로 적을 기쁘게 하는 일도 해야 한다.

제12화: (독수리 재상)사태의 진상을 확인하지 않고 경솔히 화를 내선 안 된다.

600년이라는 시간적 격차와 인도라는 공간적 거리에도 불구하고 『히또빠데샤』가 들려주는 지혜의 가르침은 21세기를 사는 우리의 가슴에도 공감을 일으키며 고개를 끄덕이게 한다. 서양에서는 이미 1787년에 인도학의 아버지로 불리우는 찰스 윌킨스에 의해 영역된 이래 각국어로 번역된 『히또빠데샤』를 늦게나마 우리말로 소개하게 되었다.

여러 종의 편집본이 있으나 역자는 주로 M. R. KALE의 『HITOPADEŚA』(Delhi: Motilal Banarsidass, 1989) 범본(梵本)을 저본으로 사용하였고, 그의 영역이 많은 참고가 되었다. 형식상 『히또빠데샤』는 운문을 포함하여 대부분이 대화의 내용이지만, 대화체로 직역할 경우 상당히 부자연스러워지므로 가지 이야기의 서술 부분과 운문은 불가피하게 원문의 형식을 깨고 문어체로 옮겼음을 양해 바란다.

그리고 범어원전으로부터 국어번역이 이루어지는 과정을 독자들에게 보여주기 위해 서장으로부터 수개의 운문과 제1장 제2화의 원문을 낱말풀이와 더불어 부록에 실어보았다. 끝으로 졸고의 출판을 위해 수고해 주신 통나무 가족 여러분들께 깊이 감사드린다.

서 장

서 장

1. 머리 위에 간지스 강 수포(水泡)의 빛줄 같은 초생달이 빛나
   는 쉬와신의 은혜로 당신이 원하는 일이 원만히 이루어지기
   를 기원합니다.[1]

2. 이『히또빠데샤』를 읽음으로써 범어(산스끄리뜨어)의 화술과
   다양한 어법, 그리고 처세의 지혜를 얻게 된다.

---

1) 인도에서는 전통적으로 저작의 처음을 신앙의 대상에게 올리는 기도로 시작한다.
   쉬와(Śiva)는 브라흐마, 위슈누와 더불어 힌두교의 주요 3신의 하나이다. 각 신들
   은 고유한 특징들을 갖고 있는데 쉬와는 뛰어난 요가수행자의 상징이며, 춤의 왕
   인 나따라자나 정신적 스승인 닥시나무르띠로 현현하기도 한다. 그는 지식과 요가
   와 음악의 닥시나무르띠이며, 여기서 저자는 지식의 스승으로서의 쉬와에게 예경
   을 드리고 있다고 볼 수 있다. 쉬와는 특히 간지스 강과 연합되어 있는데 그의 틀
   어 맨 머리카락을 통해 이 강이 흘러나온다고 믿어진다. 그리고 그 머리카락에는
   초생달의 형상이 묶여 있다.

3. 지혜로운 자는 늙음도 죽음도 없는 듯 지식과 재물을 구하고,
   또한 죽음의 신에게 머리카락을 붙잡힌 듯 다르마를 수행한
   다.[2]

4. 학문이야말로 모든 재보 가운데서 가장 소중한 것이니, 학문
   은 아무도 빼앗아갈 수 없고, 값을 매길 수 없으며, 닳아 없어
   지지도 않기 때문이다.

5. 학문은 빈천한 사람일지라도 접근하기 어려운 왕과 행운에
   로 인도하니, 마치 낮은 지대를 흐르는 강물이 모래나 자갈
   을 먼 바다로 옮기는 것과 같다.

6. 학문은 바른 행동을 가르쳐 주고, 바른 행동으로부터 존경받는
   사람이 되며, 존경받음으로써 재물이 얻어지고, 재물이 있음으
   로써 다르마를 이행할 수 있고, 그로부터 행복이 얻어진다.

7. 배움에는 학문과 무예의 두 가지 길이 있다. 둘 다 영화를 가
   져다 주지만 무예는 늙어서 푸대접받는데 반해, 학문은 언제
   나 존경받는다.

---

2) 다르마(dharma)는 '유지하다,' '지탱하다' 라는 의미를 가진 어근 $\sqrt{dhṛ}$에서 파생
   된 명사로서 '정의', '도덕,' '의무', '공덕', '선', '종교', '진리' 등 많은 의미를
   지닌 인도종교와 철학의 중요한 용어이다. 중국철학에선의 '도' (道)가, 서양철학
   에선 'logos' 가 그에 가까운 개념이다.

8. 흙 그릇에 한 번 무늬가 새겨지면 바뀌지 않는 것과 같이, 이 책은 우화의 형식으로 젊은이들의 마음에 행동의 지혜를 새겨 준다.

9. 이 책은 '우정의 획득', '우정의 파괴', '전쟁', '화해'의 네 장으로 구성되어 있으며, 빤짜딴뜨라와 그 밖의 책에서 가려 뽑은 것이다.

브하기라티 강변에 있는 도시 빠딸리뿌뜨라에 수다르샤라는 위덕을 두루 갖춘 왕이 있었다. 어느 날 왕은 지나가는 한 나그네가 읊는 두 편의 노래를 들었다.

10. 지식은 여러가지 의심을 제거해주며, 눈에 보이지 않는 대상을 보여주고, 모든 것의 안내자이니, 지식이 없는 사람은 맹인과 다름없다.

11. 젊음, 지나치게 많은 재물, 권력, 무분별, 이 중의 한 가지만으로도 재앙의 원인이 되는데 하물며 네 가지가 함께 있다면 어떤 결과가 일어날 것인가?

이런 노래를 듣자 방종하고 무절제한 왕자들 때문에 상심해 있던 왕이 다음과 같이 생각했다.

12. 배움도 성실성도 없는 그런 아들이 태어난들 무슨 보람이 있
    으며, 보이지 않는다면 눈이 무슨 소용이 있겠는가? 오직 고
    통만 줄 뿐이다.

13. 태어나지 못한 아들, 죽은 아들, 어리석은 아들, 이 셋 가운데
    처음 둘이 어리석은 아들보다 더 낫다. 전자는 단 한 번만의
    고통을 주지만 후자는 계속해서 괴로움을 주기 때문이다.

14. 돌고 도는 윤회의 세계에서 어느 죽은 자가 또 다시 태어나
    지 않겠는가? 세상에 태어나서 가문을 빛나게 해주는 그런
    출생만이 가치 있는 것이다.

15. 훌륭한 사람을 손가락에 꼽을 때 새끼손가락에 즉시로 꼽혀
    지지 않는 아들을 가진 어머니도 아들을 낳았다고 한다면 석
    녀와 그런 어머니가 다른 것이 무엇인가?[3]

16. 그 아들의 마음이 베풂과 수양, 용기와 학문, 그리고 재물의
    획득에 관심이 없다면, 그런 아들은 어머니의 배설물에 지나
    지 않는다.

17. 한 명의 훌륭한 아들이 백 명의 어리석은 아들보다 더 나으

---

3) 인도의 관습에 따르면 손으로 수를 셀 때에 새끼손가락의 첫 마디로부터 시작한
   다. 네 손가락이 각각 세 마디이므로 모두 열두 마디 즉 한 타스가 된다.

니, 하나의 달은 어둠을 밝혀도 수많은 별들은 그렇지 못한
것과 같다.

18. 성지(聖地)에서 어려운 수행을 하는 사람의 아들은 공손하고
번영하며, 경건하고 영특한 아들이 될 것이다.

19. 재물, 건강, 예쁜 아내, 부드럽게 말하는 부인, 공손한 아들,
재물을 얻는 지식, 이 여섯 가지는 세인들이 기꺼워하는 것
이다.

20. 쓸모 없는 아들 여러 명보다는 집안의 기둥이 되고 아버지의
이름을 빛내 주는 아들 하나가 더 낫다.

21. 빚만 남겨 준 아버지가 아들에게 짐이 듯이, 정숙하지 못한
어머니도 아들에게 짐이다. 예쁜 아내가 남편에게 부담되듯
이, 배움이 없는 아들은 아버지에게 짐이다.

22. 소화되지 않은 음식이 독이 되듯이 설익은 지식은 독이 된
다. 가난한 사람에게 모임이 독이 듯이 늙은이에게 젊은 여
인은 독이다.

23. 덕 있는 사람은 어떤 가문에서 태어나든 사람들의 존경을 받
는다. 아무리 좋은 대나무로 만들어진 활일지라도 활줄이 없

다면 무슨 소용이 있는가?

24. 아 ─ 애통하구나 ! 이 어리석은 자식아 ! 오늘도 너는 공부를 하지 않으니, 학식 있는 사람들의 모임에서 마치 진흙에 빠진 소처럼 되려는가.

'그렇다면 내 아들들을 어떻게 가르칠 것인가?'

25. 먹고, 자고, 두려워하고, 육욕을 즐기는 것만이라면 그런 사람은 짐승과 같다. 다르마야말로 인간의 특성이며, 다르마가 없으면 금수와 다름없다.

26. 의무, 재물, 쾌락, 해탈의 어느 하나도 성취하지 못한 사람의 삶이란 염소의 목에 달린 주름살처럼 가치 없는 것이다.[4]

'그런데 이렇게 말하는 사람도 있다.'

27. 수명, 업보, 재산, 지식, 죽음 이 다섯 가지는 모태 속에서 이미 결정된 것이다.

---

4) 인도에서는 전통적으로 인간이 추구해야 할 목적 혹은 가치를 다르마=사회적 혹은 종교적 의무, 아르타=재물 혹은 부, 까마=예술적 혹은 성적 쾌락, 목샤=해탈 혹은 종교적 구원의 네 가지로 꼽는다.

28. 숙명은 위대한 신들에게도 있으니, 쉬와신이 몸을 가리지 않
는 것이나 하리신이 큰 뱀 위에서 잠자는 것과 같다.[5]

29. 일어나지 않도록 된 일은 일어나지 않고, 일어나게끔 된 일
은 일어나고야 만다. 불안의 독을 제거하는 이 약을 왜 마시
지 않는가?

'이것은 어떠한 일도 할 수 없는 무기력하고 게으른 사람의 말이다.'

30. 비록 운명이 호의적일지라도 스스로의 노력을 포기해서는
안 된다. 노력 없이 참깨에서 기름을 짜낼 수는 없다.

'행운의 여신은 사자와 같이 강하고 노력하는 사람에게 찾아오지만,
마음이 약한 자는 그것을 운명이 준 것이라고 말한다.'

31. 그러므로 운명을 멀리 박차 버리고 스스로의 힘으로 노력하라.
최선을 다해서도 성공하지 못했다면 그건 너의 잘못이 아니다.

32. 마치 수레가 하나의 바퀴로는 갈 수 없는 것과 같이 자신의

---

5) 힌두교의 신들은 각각 독특한 형상으로 그려지는데, 쉬와신(하라라고도 부름)은
히말라야 산을 배경으로 팬티 외에는 아무 것도 걸치지 않은 채 가부좌를 틀고 앉
아 있는 자세를 취하며, 하리 즉 위슈누는 무기를 들고 서 있거나 셰샤라고 부르는
커다란 뱀의 위에 비스듬히 누워 있는 형상으로 그려진다.

노력 없이 행운만으로는 성공할 수 없다.

33. 이른바 운명이라고 하는 것도 전생의 행위(業)의 결과이다.
그러므로 게으름피우지 말고 부지런히 노력하라.

34. 마치 옹기장이가 진흙덩이로부터 원하는 물건을 만들어 내듯
이, 사람도 스스로 지은 행위로부터 그 결과를 받는 것이다.

35. 눈앞에 굴러들어 온 보물일지라도 최소한 그것을 잡는 노력
이 없이 운명이 저절로 그것을 손에 쥐어 주지는 않는다.

36. 일은 다만 바란다고만 해서가 아니라 노력에 의해서 성취되
니, 마치 양이 잠자는 사자의 입에 저절로 들어오지 않는 것
과 같다.

37. 어린아이는 부모의 가르침으로 훌륭한 사람이 되는 것이니, 모
태에서 떨어진 것만으로 빤디뜨(큰 학자)가 되는 것은 아니다.

38. 자식을 가르치지 않는 부모는 불행의 근원이니, 그 자식은
모임에서 백조 가운데 두루미처럼 초라할 것이다.

39. 배우지 못한 자식은 비록 뛰어난 외모와 건강을 갖추고 좋은
가문에서 태어났을지라도, 향기 없는 낌슈까 꽃처럼 세상에

서 빛나지 않을 것이다.[6]

40. 바보일지라도 좋은 옷을 입혀 놓으면 여러 사람이 모인 자리
    에서 빛이 난다. 그러나 아무 말도 하지 않고 침묵을 지킬 때
    만 그렇다.

이상과 같이 생각하자 왕은 학자들의 모임을 소집하여 다음과 같이 물
었다.
"선생들, 들어보시오. 짐의 아들들이 저렇게 공부는 아니하고, 빛나가
기만 하는데 선생들 가운데 누가 저 왕자들에게 바른 행위의 길을 가르
쳐서 다시 사람을 만들어 주실 수 있는 분이 없소?"

41. 마치 금과 접촉한 유리가 보석의 빛을 내듯이, 어리석은 사
    람도 현인과 가까이 하면 지혜를 얻는다.

42. 지성은 나보다 못한 사람과 어울리면 퇴보하고, 같은 사람과
    어울리면 제자리걸음을 하고, 나은 사람과 어울리면 진보하
    는 것이다.

그러자 위슈누샤르마라는 대학자가 다음과 같이 말했다.
"폐하, 왕자님들은 위대한 가문의 태생입니다. 타고 난 자질도 있으므
로 소인이 잘 인도해 보겠습니다."

---

6) 낌슈까: 붉고 아름다우나 향기가 없는 꽃을 가진 일종의 나무.

43. 부적합한 대상엔 아무리 노력을 기울여도 바라는 결과가 나
    오지 않으니, 마치 왜가리에게 백 번을 연습시킬지라도 꾀꼬
    리 소리가 나오지 않는 것과 같다.

44. 이 가문에선 패륜아가 결코 태어날 수 없다. 루비의 광에서
    어떻게 유리가 나올 수 있겠는가?

"그러므로 소인이 왕자님들을 6개월 내에 새 사람으로 만들어 보겠습
니다."
그러자 왕이 다음과 같이 읊었다.

45. 벌레일지라도 꽃에 앉으면 귀한 사람의 머리 위에 오를 수 있
    으며, 돌도 성인에 의해 성화(聖化)됨으로써 거룩하게 된다.

46. 우다야 산의 모든 물체가 아침 햇살에 아름답게 빛나듯이, 비
    록 천한 사람일지라도 고귀한 사람과 사귐으로써 빛나게 된다.

47. 성품은 고귀한 자와 함께 함으로써 덕이 되고, 미천한 자와
    어울림으로써 악덕이 되니, 강물이 상류로 갈수록 감미롭지
    만, 바다에 이르러선 마실 수 없는 물이 되는 것과 같다.

"그러므로 선생에게 짐의 아들들을 맡기니 잘 지도해 주시오."
왕으로부터 그러한 부탁을 받은 위슈누샤르마는 공손히 왕자들에게
다가갔다.

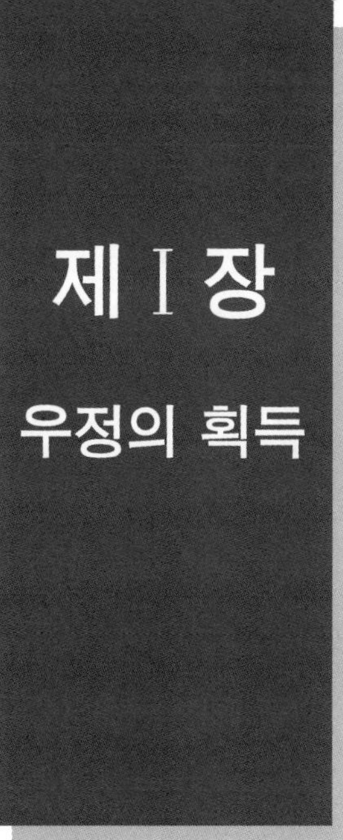

줄기 이야기: 비둘기(찌뜨라그리와)와 까마귀(라그후빠따나까)와 생쥐(히란야까)와 거북이(만타라)와 사슴(찌뜨랑가)이 우여곡절 끝에 좋은 친구가 되어 서로 도우며 잘살게 되다.

제1화: (줄기 이야기 속의 비둘기)탐욕이 생명을 잃게 하다.

제2화: (생쥐 히란야까)친구를 함부로 사귀는 것의 위험성.

제3화: (제2화 속의 까마귀 수붇드히)잘 모르는 자에게 거처를 제공함으로써 빚어지는 화.

제4화: (줄기 이야기 속의 생쥐)좋은 곳을 버리고 거북이 만타라가 사는 황량한 숲으로 오게 된 생쥐의 사연.

제5화: (제4화 속의 위나까르나)여성의 본성과 지혜.

제6화: (줄기 이야기 속의 거북이)저축은 중요하지만 지나치면 화근이 될 수 있다.

제7화: (생쥐 히란야까)남의 말을 경솔히 믿고 행동하는 것의 위험성.

제8화: (제7화 속의 중신쟁이 여인)힘으로 안 되는 것도 계략으로써 목적을 이룰 수 있다.

제1장 우정의 획득

왕자들은 궁전 테라스에 편안하게 앉았고, 스승은 그 앞에서 이야기의 서두를 꺼냈다.

1. 지혜로운 사람은 시와 배움의 즐거움으로 시간을 보내나, 어리석은 자는 비행과 잠과 말다툼으로 지낸다.

"그러므로 소인이 왕자님들을 위해 까마귀, 거북이 등에 관한 유익한 이야기를 들려 드리겠습니다. 들어보십시오. 여기 '우정의 획득' 이라는 이야기를 시작하기에 앞서 시를 한 구절 읊겠습니다."

2. 슬기로운 까마귀와 거북이, 사슴, 생쥐는 비록 가진 것은 아무 것도 없지만, 두터운 우정으로써 그들의 목적을 신속히 달성하였다.

그러자 흥미가 돋구어진 왕자는 이야기를 재촉했고, 위슈누샤르마는
다음과 같은 이야기를 시작했다.

고다와리 강변에 커다란 샬말리 나무가 있었고, 그 나무엔 여러 곳에
서 모여든 새들이 보금자리를 틀고 있었다. 날이 거의 저물어 밤 연꽃의
주인인 달님이 산머리 위에 걸려 있을 무렵, 라그후빠따나까라는 한 까
마귀가 마침 깨어 있다가 제2의 죽음의 신(=염라대왕)과 같이 행진하고
있는 사냥꾼을 보았다. 그를 보자 까마귀는 생각했다.
　'오늘 나는 불길한 광경을 보았다. 그것이 어떤 재앙의 징조일지도 모
른다.'
　이같이 생각하자 불안한 마음으로 사냥꾼이 지나간 자취를 뒤따랐다.

3. 어리석은 자는 날마다 수천 번의 걱정과 수백 번의 두려움에
사로잡혀도 현자는 그렇지 않다.

'세상 사람들은 반드시 이렇게 해야 한다.'

4. 잠에서 깨어나면 언제나 큰 재앙이 코앞에 걸려 있다고 생각
해야 한다. 죽음, 질병, 슬픔 중 어느 것이 우리 앞에 떨어질
지 모른다.

그런데 그 사냥꾼은 쌀알을 뿌리고 그물을 친 후 몸을 숨겼다. 그럴 즈
음에 찌뜨라그리와라는 비둘기 왕이 그 수행원과 함께 공중에서 날고 있

다가 쌀알을 발견했다. 쌀알을 보고 그것을 먹으려는 욕심에 눈이 어두워진 비둘기들에게 비둘기 왕이 말했다.

"어떻게 이 외진 숲 속에 쌀알이 있을 수 있는가? 먼저 쌀알을 잘 살펴봐라. 나는 이곳에 무슨 좋은 일이 있으리라고 생각지 않는다. 이 쌀알을 탐내면 우리도 아마 이와 같은 운명이 될 것이다."

   5. 금팔찌를 탐내던 나그네가 헤어날 수 없는 늪 속에 빠져 늙은
      호랑이에게 잡아 먹혔다.

비둘기들이 '그것이 무슨 얘기입니까?' 라고 묻자 비둘기 왕이 다음과 같은 얘기를 했다.

제1화: 나그네와 늙은 호랑이

한때 내가 남쪽 숲 속을 배회하다가 이 같은 광경을 보았다. 어떤 늙은 호랑이가 목욕을 마친 후 풀 잎사귀를 손에 들고 늪가에 서서 지나가는 나그네에게 다음과 같이 말했다.

"여보시오. 이 금팔찌를 가져가시오."

그러자 욕심에 끌린 나그네는 이같이 생각했다.

"이건 뜻밖의 횡재이다. 그러나 위험이 따르는 일은 섣불리 저질러선 안 된다."

6. 비록 바라는 대상이 바람직하지 않은 것으로부터 얻어진다
   할지라도 그 결과는 좋지 않으니, 감로주일지라도 독과 섞이
   면 죽음을 초래하는 것과 같다.

"그러나 재물을 얻으려면 어떤 경우에나 위험이 따르기 마련이다. 그
러므로 이런 말이 있다."

7. 사람이란 모험을 시도하지 않고는 행운을 만날 수 없다. 그러
   나 만일 모험을 하여 살아남기만 한다면 영화도 누릴 수 있
   다.

"그러니 먼저 자세히 알아보자."
이렇게 생각한 후에 나그네는 크게 소리쳤다.
"당신이 말하는 금팔찌가 어디에 있소."
호랑이는 손을 뻗쳐 보였다. 그러자 나그네는 말했다.
"난폭한 성질을 가진 당신을 내가 어떻게 믿을 수 있겠소."
호랑이가 대답했다.
"나그네여, 들어보구려. 나는 젊은 날엔 무척 방자했었다오. 많은 소
와 사람을 죽인 때문에 그 과보로 아들과 아내는 죽었고, 이젠 가족도 없
다오. 그런데 어떤 의인이 내게 자선 따위의 선행을 베풀라고 충고했소.
그에 따라 요즘 나는 규칙적으로 목욕재계를 하고 자선을 베풀고 있다
오. 난 이미 늙어서 발톱도 이도 없소. 이래도 못 믿겠소?"

8. 신에 대한 제사, 베다의 학습,[7] 자선, 고행, 진실, 관용, 인내, 무욕, 이것들이 법전에서 규정한 여덟 가지 다르마이다.

9. 그 가운데서 앞의 네 가지는 겉으로 보이기 위해서만 행할 수도 있지만, 뒤의 네 가지는 오직 고귀한 인품에서만 발견된다.

"그처럼 나도 욕심에서 벗어났기에 비록 내 손안에 있는 금팔찌이지만, 누구에게든 이것을 주고 싶소. 비록 호랑이는 사람을 잡아먹는다는 세인의 말이 있긴 하지만 말이오."

10. 남을 맹종하는 세상 사람들은, 다르마에 관해선 그가 비록 백정 짓을 할지라도 바라문의 말을 믿으며 뚜장이의 말은 진실일지라도 믿으려 하지 않는다.[8]

"나는 다르마에 관해 공부해왔소. 좀 들어 보시오."

11. 오 - 빤두의 아들들이여. 가난한 자에게 베푸는 자선은, 사

---

7) 세계 최고(最古)의 종교문헌으로서, 본집부, 제의부, 삼림부, 오의서(奧義書)의 네 부분으로 구성되어 있다. 힌두란 베다의 진실성과 신성성을 믿는 사람들이다.

8) 브라흐만, 끄샤뜨리아(무사나 정치가 계급), 와이샤(생산자 계급), 슈드라(노비나 하인 계급)의 네 계층 가운데 브라흐만(바라문)은 사제이자 학문과 교육을 임무로 부여받은 계급이다.

막에 뿌린 비처럼, 또 배고픈 자에게 주는 음식처럼 그 보람
도 큰 것이다.[9]

12. 나에게 내 생명이 귀중하듯 남의 생명도 귀한 것. 그러므로
선인(善人)은 남의 생명을 내게 견주어서 그들에게 자비와 동
정을 느낀다.

13. 거절할 것과 베풀 것, 즐거움과 괴로움, 기꺼워할 것과 꺼려
할 것 따위에 있어 사람들은 스스로에 견주어 그 척도를 정
하게 된다.

14. 남의 아내를 어머니처럼, 남의 재산을 흙덩이처럼, 남의 생
명을 나의 생명처럼 여기는 자야말로 진정한 현자이다.

"당신은 지금 매우 어려운 처지에 있기 때문에 이것을 베풀고자 하는
것이오"

15. 오 – 꾼띠의 아들이여. 가난한 자에겐 자선을 베풀되, 부자
에겐 돈을 주지 말라. 약은 병자에게 필요한 것이니, 건강한
사람에게 약이 무슨 소용이 있는가?[10]

---

9) 대서사시 〈마하브하라따〉에 나오는 다섯 왕자. 그중 셋째가 힌두교의 바이블이라
고 불리우는 〈바가와드 기따〉의 주인공인 아르주나이다.

10) 빤두 왕의 첫 번째 비의 이름. 빤두왕은 저주로 인해 자식을 가질 수 없었으므로

16. 갚을 수 없는 사람에게 베푸는 자선, 적합한 장소·적합한 시
    간·적합한 사람에게 주는 자선이야말로 진정한 베풂이다.

'그러므로 호수에서 목욕재계한 후에 이 금팔찌를 가져가시오.' 라고
호랑이가 말했다.

그러자 욕심에 눈이 어두워진 나그네는 그 말을 믿고 목욕하기 위해
물 속에 들어가자마자 늪에 빠져 도망칠 수 없게 되었다. 늪에 빠진 나그
네를 보고 호랑이는 다음과 같이 말했다.

"아 — 깊은 수렁에 빠지셨군. 내가 당신을 그곳에서 구해 드리리다."

이렇게 말하고는 점잖게 천천히 접근하였고, 호랑이에게 잡힌 나그네
는 이같이 생각했다.

17. 법전을 읽거나 성전을 공부했다는 것만으로 간교한 천성이
    바뀔 수는 없다. 마치 우유의 본성이 고소한 맛이듯이 타고
    난 본성은 변할 수 없는 것.

18. 감관과 마음이 통제되지 않은 사람의 행동은 코끼리의 목욕
    과 같고, 실천이 없는 지식은 악녀를 부양하는 것이나 추녀
    의 장신구처럼 짐일 뿐이다.

'그러므로 저런 교활한 자를 믿은 것이 나의 실수로구나.'

다르마, 와유, 인드라 신들로부터 각각 유드히슈티라, 브히마, 아르쥬나 세 아들을
낳는다. 그러므로 빤두는 사실 명목상의 아버지이다.

19. 결코 믿어선 안될 것은 강물이며, 손에 무기를 가진 자이며, 발톱과 뿔 가진 동물이며, 여인이며, 세도가이다.

20. 시험해야 할 것은 이차적 성질들이 아니라 그 본성이다. 왜 냐하면 본성은 다른 성질보다 강하고 그것들의 머리 위에 서 있기 때문이다.

21, 22. 하늘에서 노니는 자이며, 죄악(=어두움)의 파괴자이며, 천 개의 빛(=손)을 가진 자이며, 별들 가운데서 행진하는 저 달 님조차도 운명의 명령에 의해 라후에게 삼키우니, 그러므로 그 누가 이마에 적힌 것(=운명)을 지울 수 있겠는가?[11]

이런 생각을 하는 동안 나그네는 호랑이에게 살해되어 먹혔다.

(비둘기 찌뜨라그리와) "그러므로 내가 '금팔찌를 탐내던 나그네처 럼….(5)' 이라고 말했다. 그러므로 경솔히 행동해선 안 된다"
이러한 말을 듣자 한 비둘기가 당돌하게 말했다.
"아니, 왜 그런 말씀을 하십니까?"

---

11) 라후: 악신의 이름. 달이 라후에게 먹히는 것이 월식 현상이라는 신화적 설명.

23. 노인의 충고는 오직 위험에 직면한 때에만 받아들여야 한다.
매사를 지나치게 조심한다면 어떻게 먹이를 구할 수 있겠는가?

24. 지상에 있는 먹을 것, 마실 것은 모두 위험에 연루되어 있다.
위험을 두려워하기만 한다면 무엇을 시도해야 하며, 어떻게
생계를 유지해야 하는가?

25. 질투심 많은 사람, 남을 멸시하는 사람, 만족을 모르는 사람,
화를 잘 내는 사람, 의심 많은 사람, 남에게 기생하는 사람,
이 여섯 종류의 사람에겐 불운이 따르기 마련이다.

이런 말을 듣자 비둘기들이 먹이에 달려들었다.

26. 많은 경전을 배우고, 학식이 많으며, 의심을 제거한 사람일
지라도 탐욕에 눈이 어두워지면 고통을 겪게 된다.

27. 탐욕으로부터 불안이 생기고, 탐욕으로부터 애욕이 일어나
며, 탐욕으로부터 미혹과 파멸이 초래되니, 탐욕이야말로 죄
악의 근원이다.

28. 금사슴이란 있을 수 없음에도 라마는 그런 사슴을 갈구했고,
일반적으로 역경에 부딪치면 현인도 마음이 흐려진다.

그 후 비둘기들은 모두 그물에 걸렸다. 그러자 먹이에 나아가자고 선동한 비둘기를 모두가 비난하기 시작했다.

29. 무리의 선두에 서지 말 것이니, 성공하면 그 공을 모두가 나누어 갖지만, 실패하면 선두에 선 자만 죽임을 당한다.

그런 비난의 소리를 듣자 비둘기 왕 찌뜨라그리와는 이같이 말했다. "그것은 그의 잘못만이 아니다."

30. 때로는 친구가 불행의 원인이 될 수 있으니, 송아지를 묶을 때 어미 소의 다리가 기둥 역할을 하는 것과 같다.

31. 불행할 때의 친구란 그를 재난으로부터 구해 주는 자이며, 지난날의 허물을 비방하는 데만 밝은 자가 아니다.

"당혹함은 역경에 부딪칠 때 약자의 징표이니 용기를 갖고 해결책을 모색하라."

32. 역경에선 굳세고, 번영 속에서 절제하며, 모임에서 웅변을 하며, 전장에선 용감하고, 배움을 사랑하고, 명예를 존중하는 것, 이것이야말로 위대한 정신의 특성이다.

33. 이 세상을 빛나게 해줄, 번영에 기뻐 날뛰지 않고, 역경에 좌

절하지 않으며, 싸움에선 굳건한 이러한 아들을 낳는 어머니
는 희귀하다.

34. 이 세상에서 성공을 바라는 사람은 늦잠과 해이함, 겁약과
    성냄, 게으름과 지둔함, 이 여섯 가지를 여의어야 한다.

"그러니 지금이라도 실천에 옮기자. 모두가 한마음으로 그물을 지고
날아 오르라 ! "

35. 비록 미약한 힘일지라도 뭉치면 일을 이룰 수 있으니, 마치
    가는 풀잎도 새끼를 꼬면 발정난 코끼리를 묶을 수 있는 것
    과 같다.

36. 비록 미약할지라도 자신의 친지와 힘을 합하면 이익이 되니,
    벼에서 겨를 제거한 쌀은 벼가 될 수 없다.

이렇게 생각한 비둘기들은 함께 그물을 진 채 날아올랐다. 그러자 멀
리서 그것을 본 사냥꾼은 뒤따라가며 생각했다.

37. 저 새들이 힘을 합쳐서 나의 그물을 운반하고 있구나. 그러
    나 힘이 다해 땅에 떨어지면 다시 내 손에 잡히고 말 것이다.

새들이 시야로부터 멀리 사라지자 포수는 발길을 돌렸다. 포수가 돌아

간 것을 확인한 후 비둘기들이 이같이 말했다.

"이제부터 어떻게 해야 합니까?"

찌뜨라그리와가 답했다.

38. 어머니와 친구와 아버지, 이 셋은 조건 없이 우의를 나누는
관계이나 나머지는 원인과 결과에 따라 맺어진 관계이다.

"우리의 친구인 생쥐왕 히란야까가 간다께 강변에 있는 찌뜨라와나에 살고 있다. 그가 우리의 덫을 끊어줄 것이다."

이같이 생각한 후 모두가 히란야까의 굴로 찾아갔다. 히란야까는 항상 위험을 염려하여 백 개의 입구를 뚫고 그 속에서 살았다. 히란야까는 비둘기들이 내려오는 것에 놀라 잠시 그 자리에서 말없이 서 있었다. 그러자 찌뜨라그리와가 말했다.

"여보게, 히란야까. 왜 우리에게 아무 말도 없는가?"

목소리를 듣고 알아차린 히란야까가 밖으로 나와 말했다.

"아 - 반갑네, 내 친구 찌뜨라그리와. 어서 오게나."

39. 벗과 함께 대화를 나누고, 벗과 함께 지내며, 벗과 함께 정담
을 나누는 것보다 더 즐거운 것은 이 세상에 없다.

덫에 걸린 비둘기들을 보고 깜짝 놀란 생쥐는 그 자리에 서서 말했다.

"여보게, 어찌된 일인가?"

찌뜨라그리와가 답했다.

"친구여, 이것은 전생에 지은 우리 자신의 행위에 대한 과보라네."

40. 어떤 이유, 어떤 수단, 어떤 형태, 어떤 시간, 어떤 대상, 어떤
    정도, 어떤 장소를 불문하고 선악의 행위는 바로 같은 이유,
    수단, 형태, 시간, 대상, 정도, 장소에 맞게 인과법칙에 따라
    그 과보를 받는 법이다.

41. 질병과 근심, 고통, 감금 그리고 재난 이 모두는 스스로 저지
    른 과오의 나무에서 거둔 열매들이다.

이런 말을 듣고 히란야까가 찌뜨라그리와의 덫을 끊기 위해 빨리 다가
갔다. 그러나 찌뜨라그리와가 말했다.

"여보게, 나보다 먼저 내 부하들의 덫을 끊은 후에 나의 것을 끊어주
게."

히란야까는 이같이 답했다.

"나는 힘이 없고 이도 약하네. 어떻게 이들 모두의 덫을 끊을 수 있겠
는가? 내 이가 부러지지 않는 한 자네의 덫을 끊어주고, 그 다음에 나의
힘이 자라는 한 자네 부하들의 덫도 끊어주겠네."

그러나 찌뜨라그리와가 말했다.

"그렇게 해 주게. 그러나 최선을 다해 부하들의 덫도 끊어주게."

히란야까가 답했다.

"자신을 희생해가면서 부하들을 보호하는 것은 법전에 달통한 학자들
도 인정하지 않네."

42. 돈은 곤란에 대비하기 위해 저축해야 하고, 아내는 돈을 치러서라도 간수해야 하며, 자신의 목숨은 돈과 아내를 대가로 해서라도 보호해야 한다.

43. 목숨은 사회적 의무, 재물, 쾌락, 해탈을 얻기 위한 것이니, 목숨을 지키지 못하는데 무엇을 얻을 수 있을 것이며, 목숨을 지킨 다음엔 얻지 못할 것이 무엇이겠는가?

그러자 찌뜨라그리와가 말했다.
"여보게, 법전에선 그렇게 말할지라도 나는 부하들의 괴로움을 결코 견딜 수 없네. 이런 말도 있다네."

44. 어진 자는 남의 이익을 위해선 재물과 자신의 목숨조차도 포기하니, 비록 파멸이 확실할지라도 선한 동기에서의 자기 희생은 더 훌륭한 것이다.

45. 친절, 재물, 덕에 있어서 그들과 다를 것이 없다면 그들의 지도자로서의 보람이 무엇인가?

46. 이들은 대가가 없을지라도 나를 떠나지 않는다. 그러므로 나의 생명을 희생시킬지라도 나의 부하들을 구해 주게.

47. 오 ─ 친구여, 살덩이와 오줌, 똥, 뼈로 이루어진 이 허망한

육체를 버릴지라도 나의 명예를 구해 주게.

48. 만일 무상하고 더러운 육체의 대가로 영구적이고 깨끗한 명
    예를 얻을 수 있다면 어찌 손실이라고 할 수 있겠는가?

49. 육신과 덕의 차이는 매우 크다. 육신은 순간에 파괴되어도
    덕은 우주의 종말까지 존속된다.

이런 말을 듣자 히란야까는 감동으로 전율하였고 이같이 말했다.
"친구여. 참으로 훌륭하네. 자네의 부하에 대한 사랑은 전 세계의 왕
이 되기에 충분하네."
이렇게 말하고 나서 그는 모두의 덫을 끊어주었다. 히란야까는 그들을
정중히 환영하곤 이렇게 말했다.
"찌뜨라그리와여, 그물에 걸린 일에 대해 그대 자신의 허물이라고 자
책해선 안되네."

50. 백 요자나보다[12] 더 먼 거리에 있는 먹이를 볼 수 있는 새도
    때가 다했을 땐 눈앞의 덫을 보지 못하는 법.

51. 달과 태양도 이지러지고, 코끼리와 코브라도 붙잡히며, 현자
    도 가난에 시달리는 것을 볼 때면, 운명의 힘의 강력함을 생
    각하게 된다.

---

12) 거리 측정의 단위. 1 요자나는 대략 7, 8마일이다.

52. 하늘을 나는 새도 재앙을 만나며, 깊은 물 속의 물고기도 낚
시꾼에게 잡힌다. 도대체 이 세상에서 무엇이 악행이고 무엇
이 선행이며, 유리한 지위가 무슨 소용이 있는가? 파괴의 신
은 멀리서도 재앙이란 형태의 손을 뻗쳐 우리의 운명을 거머
쥐고 있구나.

이처럼 히란야까는 비둘기 친구들을 위로해주고 친절히 대접한 후 포
옹을 나누고 헤어졌다. 찌뜨라그리와는 그 부하들과 함께 원하는 지역
으로 갔고, 히란야까도 자신의 굴로 들어갔다.

53. 어떤 부류이든 많은 친구를 만들어야 한다. 비둘기들이 친구
인 생쥐의 도움으로 덫에서 해방된 것을 보라.

이러한 사건을 목격한 까마귀 라그후빠따나까는 놀라워하며 말했다.
"오 — 히란야까여, 당신을 훌륭합니다. 나는 당신과 친구가 되기를
바랍니다. 부디 그대의 우정으로 호의를 베풀어 주십시오."
이런 말을 들은 히란야까는 구멍 속에서 반문했다.
"당신은 누구십니까?"
까마귀가 답했다.
"저는 라그후빠따나까라는 까마귀입니다."
생쥐는 빙긋이 웃으며 말했다.
"어떻게 내가 처음 보는 당신과 친구가 될 수 있겠습니까?"

54. 현명한 사람은 어울릴만한 사람과 어울리는 법. 나는 먹이이
고 당신은 먹는 자이니 어찌 당신과 나 사이에 우정이 있을
수 있겠는가?

55. 먹히는 자와 먹는 자와의 우정은 다만 재앙의 원인일 뿐이
니, 여우 때문에 덫에 걸린 사슴을 까마귀가 구해 주었다.

까마귀가 물었다.

"그것은 무슨 애기요?"

히란야까가 다음과 같이 이야기했다.

제2화: 사슴과 재칼과 까마귀

마가다 지방 부근에 짬빠까와띠라는 큰 숲이 있었다. 그곳에서 사슴과
까마귀가 오랫동안 깊은 우정을 나누며 살고 있었다. 그런데 어느 날 살
찌고 윤기 흐르는 몸을 가진 사슴이 마음대로 숲 속을 거닐고 있는 것을
한 마리의 재칼이 엿보고 있었다. 그 사슴을 보면서 재칼이 생각했다.

'어떻게 저 맛있는 고기를 먹을 수 있을까? 옳지. 먼저 신뢰감을 갖도
록 하자.'

이같이 결심하곤 사슴에게 접근하여 말을 걸었다.

"친구여, 안녕하십니까?"

그러자 사슴이 물었다.

"당신은 누구십니까?"

재칼이 답했다.

"나는 끄슈드라붇드히라고 부르는 재칼이오. 나는 이 숲 속에서 일가 친지 하나 없고 죽은 몸이나 다름없이 외롭게 살고 있지요. 그러나 만약 당신이 친구가 되어 준다면, 이제 다시 새로운 삶을 시작하고 싶소. 이제 부터 나는 언제나 당신의 동반자가 되고 싶소."

사슴이 말했다.

"그거 좋지요."

그리하여 빛의 화환을 두른 태양신이 기운 후에 그들은 사슴의 집으로 갔다. 그곳 짬빠까 나뭇가지엔 사슴의 오랜 친구인 수붇드히라는 이름 의 까마귀가 살고 있었다. 그들을 보자 까마귀가 말했다.

"여보게, 저 친구는 누구인가?"

사슴이 말했다.

"재칼인데 우리의 우정을 구하여 찾아 왔네."

까마귀가 말했다.

"여보게, 우연히 만난 자에게 함부로 우정을 주는 것은 옳지 못하네."

56. 그 출신이나 성향을 모르는 자에게 거처를 제공해선 안되니,
　　고양이의 사악함으로 독수리 쟈라드가와가 목숨을 잃었다.

사슴과 재칼이 '그것은 또 무슨 얘기인가?' 라고 묻자, 까마귀가 다음 과 같이 얘기를 하였다.

제3화: 눈 먼 독수리와 고양이와 새

브하기라티 강변에 있는 그르드흐라꾸따 산에 커다란 빠르까띠 나무
가 있었다. 그 나무의 구멍 속에 불행하게 발톱과 눈을 잃어버린 쟈라드
가와라는 독수리가 살고 있었다. 같은 나무에 살고 있는 새들이 동정심
에서 자신들의 먹이로부터 조금씩 떼어서 독수리의 생계를 도와주었다.
독수리는 그와 같이 목숨을 연명해 갔으며, 그 대가로 어린 새들을 돌보
아 주었다. 그러던 어느 날 디르그하까르나라는 고양이가 어린 새들을
잡아먹으려고 그곳에 왔다. 그가 오는 것을 보고 어린 새들은 놀라서 울
부짖었다. 이 소리를 듣고 쟈라드가와가 물었다.

"누가 이리로 오고 있는가?"

고양이는 독수리를 보자 두려워하며 중얼거렸다.

"아 ! 이젠 마지막이구나."

57. 위험은 아직 닥치기 전에 두려워해야 하며, 이미 닥쳐왔을
때 상황의 요구에 적절히 대처해야 한다.

"그가 가까이 있으므로 이젠 달아나기도 틀렸군. 될 대로 되라지. 우
선 그의 신뢰를 사고, 다음에 접근하자."

이렇게 결심하곤 독수리 가까이 가서 말했다.

"어르신네, 인사 올립니다."

독수리가 물었다.

"자네는 누구인가?"

고양이가 답했다.

"저는 고양이입니다."

그러나 독수리가 화를 내며 말했다.

"썩 물러가라 ! 그렇지 않으면 널 없애 버리겠다."

고양이가 답했다.

"먼저 소인의 말씀을 들어보십시오. 그 후에 만일 제가 죽어 마땅하다면 죽든지 하겠습니다."

58. 다만 어떤 종성에 속한다는 이유만으로 죽어야 하거나 존경받아야 하는가? 죽어야 마땅한지 존경받아야 할지는 그의 행위가 충분히 밝혀진 후에 결정될 문제이다.

독수리가 말했다.

"그래, 말해 보거라. 무슨 목적으로 여기에 왔는가?"

고양이가 답했다.

"저로 말씀드리자면 강가(갠지스) 강변에서 항상 목욕재계하고 청정행을 하며, 짠드라야나의 서원을 실천하고 있습니다.[13] 그런데 믿을 만한 새들이 모두 제게 어르신께서 다르마의 지식에 통달한 분이라고 말합니다. 학문과 연륜, 그리고 다르마에 있어 저보다 앞선 어르신네로부터 가르침을 받고자 이렇게 찾아왔습니다. 그런데 손님인 저를 죽이시려 하다니 그것이 어찌 다르마에 통달하신 분의 태도일 수 있습니까? 보십시오. 가장의 다르마는 다음과 같습니다.

---

13) 고행의 일종으로서 달이 기울고 참에 따라서 음식의 섭취를 조금씩 줄여 나가고 늘려 나가는 단식법.

59. 비록 적일이라도 집을 방문했을 땐 친절하게 영접해야 한다. 나무는 나뭇꾼이라고 해서 그림자를 거절하지 않는다.

"물질적으로 궁핍하다면, 말이라도 친절하게 대접해야 하옵니다."

60. 쉴 곳과 짚방석, 물과 친절한 말, 이 네 가지는 선인의 집이라면 결코 거절하지 않는다.

61. 어진 사람은 부덕자에게조차 친절을 베푸니, 마치 달이 천민의 집이라 하여 그 빛을 거두지 않는 것과 같다.

62. 불의 신 아그니는 바라문의 예배대상이고, 바라문은 타 계급의 예배 대상이며, 남편은 아내의 공경대상이지만, 손님은 어디서나 존중받는 대상이다.

63. 손님이 실망하여 그 집을 돌아설 땐 지녔던 죄는 놓아 두고, 덕은 가지고 떠난다.

64. 미천한 사람이 높은 신분의 집에 찾아 왔을지라도 마땅히 대접받아야 하니, 왜냐하면 손님에겐 모든 신들이 기득 치 있기 때문이다.

이런 말을 듣자 독수리가 말했다.

"고양이란 고기를 좋아하는 법인데, 이곳엔 어린 새들이 살고 있다네. 그래서 하는 말일세."

이 말을 듣자 고양이는 손으로 땅을 접촉하고 다시 자신의 귀를 만진 후에 이같이 말했다.[14]

"소인은 다르마에 관해 배우고 모든 집착을 끊고, 이 어려운 서원을 세웠습니다. 모든 성전이 서로 일치하지는 않지만 '불살생이 최고의 다르마' 라는 데는 한결같습니다."

65. 살생을 피하고, 모든 것을 인내하며, 모든 사람의 의지처가 되는 사람은 사후에 신들의 세계에 태어난다.

66. 다른 것은 모두 육체와 더불어 사라지나 다르마는 죽음에까지 우리를 따르는 벗이다.

67. 다른 생물의 고기를 먹는 것은 양극단의 차이를 드러낸다. 한편은 순간적인 즐거움을 누리나 다른 편은 귀중한 목숨을 잃는다.

68. '죽어야 한다.' 라는 생각으로 사람이 겪는 고통은 타인의 상상으로 도저히 묘사할 수 없이 극심한 것.

69. 배고픈 위장은 숲 속에 저절로 나는 풀로도 충분히 채워질

____

14) 맹세의 표현 방식.

수 있다. 누가 배를 채우기 위해 큰 죄악을 저지르겠는가?

　이런 감언이설로 독수리에게 신임을 산 후 고양이는 독수리가 사는 나무 구멍에 들어가 머물었다. 날이 저물자 그는 날마다 어린 새들을 잡아서 독수리가 사는 구멍으로 가져가 먹어 버렸다. 새끼를 잃고 비탄에 잠긴 새들은 그 까닭을 탐색하기 시작했고, 이를 알고서 고양이는 구멍에서 빠져 나와 도망쳐 버렸다. 그 후 여기저기를 찾아다니다가 독수리가 사는 나무 구멍 속에서 새끼들의 뼈를 발견하였다. 새들은 독수리가 새끼를 잡아먹었다고 판단하고 떼를 지어 몰려가서 독수리를 죽였다.

【제2화의 계속】

　(까마귀 수붇드히) "그러므로 '출신이나 성향을 모르는 자에게 ….(56)' 라고 말한 것일세."
　이런 말을 듣자 재칼은 화가 나서 말했다.
　"사슴이 당신을 처음 보았을 때도 당신 역시 그 가문이나 성품이 알려지지 않았을 거요. 그런데 어떻게 우정이 점점 깊어져 가게 된 것이요?"

　70. 큰 학자가 없는 곳에선 작은 식자가 찬양 받고, 나무가 없는
　　　곳에선 아주까리 풀이 나무를 대신 한다.

　71. '이것은 내 것', '저것은 남의 것' 하는 것은 작은 마음의 분

별심이니, 커다란 마음엔 전 세계가 그의 가족이다.

"그러므로 사슴이 나의 친구이듯 당신도 내 친구이오."

그러자 사슴이 말했다.

"이런 논쟁이 무슨 소용이 있습니까? 우리 모두 믿으면서 함께 삽시다."

72. 아무도 처음부터 친구나 적이 아니니, 친구나 적을 만드는 것은 오직 행위일 뿐이다.

까마귀가 말했다.

"옳은 말씀이오."

그리하여 아침이 되자 모두 제각기 갈 곳으로 갔다. 그런데 어느 날 재칼이 은밀히 사슴에게 말했다.

"여보게, 이 숲의 어떤 곳에 옥수수가 가득 찬 밭이 있네. 내가 자네를 그곳으로 안내하여 보여 주겠네."

그리하여 그곳을 알게 된 사슴은 매일 그곳에 가서 옥수수를 먹었다. 그러자 옥수수 밭 주인이 그것을 발견하고 덫을 놓았다. 그후 다시 그곳에 온 사슴은 덫에 걸렸고, 이런 생각을 했다.

'친구가 아니면 누가 나를 이 죽음의 덫으로부터 구해 줄 것인가?'

그때 재칼이 그 가까이 가서 생각했다.

'내 욕망의 성취에 관한 한 내 계략에 따라 거의 틀림없이 성공했다. 놈이 죽게 되면 나는 반드시 피와 살이 붙은 뼈다귀를 얻게 될 것이고, 그것은 내게 충분한 요기가 될 것이다.'

이런 생각을 하고 있는 재칼을 보고 사슴은 기뻐하며 말했다.

"친구여, 빨리 이 덫을 끊어주고 나를 구해 주게. 어서 빨리."

73. 진정한 친구는 재난을 당했을 때 알 수 있고, 용사는 싸움터
에서, 정직은 빚이 있을 때, 아내는 가난할 때, 친척은 역경에
처했을 때 그 본심을 알 수 있다.

74. 기쁠 때나 슬플 때나, 기근에서나, 왕국의 몰락에서나, 궁전
문에서나, 화장터에서나 항상 함께 있는 그가 진정한 친구이
다.

재칼은 거듭 덫을 조사하여 그물이 견고한 것을 확인한 후에 이같이
말했다.

"여보게, 친구. 이 덫은 동물의 힘줄로 만들어졌네. 오늘 같은 신성한
날에 어떻게 내 이빨을 그것에 댈 수 있겠는가? 친구여, 만일 섭섭히 생
각지만 않는다면 내일 아침에 자네의 말대로 해주겠네."

이렇게 말하곤 가까운 곳에서 몸을 숨기고 기다렸다.

까마귀는 저녁이 되어도 사슴이 돌아오지 않자 이리저리 수색하다가
그러한 상황을 발견하고 물었다.

"여보게, 대체 무슨 변인가?"

사슴이 대답했다.

"이것이 바로 친구의 충고를 무시한 결과일세."

75. 진심으로 자신의 이익을 바라는 친구의 충고를 듣지 않는 사

람에게 재난은 가까이 있으니, 그는 적을 즐겁게 할 뿐이다.

그러자 까마귀가 물었다.
"그 사기꾼은 어디 있는가?"
사슴이 대답했다.
"나의 살을 먹으려고 바로 가까이에서 기다리고 있네."
까마귀가 말했다.
"그래서 내가 전에 말하지 않았던가?"

76. '나는 아무 허물이 없다.' 라는 것이 간악한 자에게 신뢰를
주는 이유가 될 수 없으니, 유덕자도 간악한 자를 두려워한
다.

77. 그 생명이 다해 가는 사람은 꺼져 가는 램프의 냄새를 맡지
못하고, 친구의 충고를 듣지 않으며, 아룬드하띠 별을 보지
못한다.[15]

78. 뒤에선 헐뜯고 앞에선 달콤한 말을 하는 그런 자는 피해야
하니, 우유로 덮힌 독약과 같기 때문이다.

그리고 까마귀는 긴 한숨을 내쉬며 말했다.
"아 ― 나쁜 놈, 이런 짓을 하다니… ."

---

15) 일곱 현자의 하나인 와시스타의 부인으로 인격화되는 아침 별.

79. 달콤한 말에 속아 기대와 신임을 주고, 도움을 간청하는 사
람을 기만하는 네 놈이 이 세상에서 얼마나 잘 살겠는가?

80. 오 — 신성한 대지여, 어떻게 당신은 은혜를 베풀고, 신임을
주며, 소박한 마음을 가진 자에게 악행을 하는 배신자조차도
당신의 등에 실을 수 있습니까?

81. 간악한 자와 우정이나 애정을 맺지 말라. 숯은 탈 때면 손에
화상을 주고, 타지 않을 때는 손을 더럽힌다.

"더욱이 간악한 자의 상투적 수법은 이와 같네."

82 처음엔 발 앞에 엎드리고, 다음엔 등의 살을 물고, 점차 달콤
한 소리를 귀에 속삭여 대면서 약점의 구멍을 찾으면 두려움
없이 그 속에 들어가니, 바로 모기가 그런 자를 닮았다.

83. 간악한 자의 달콤한 말에 신임을 주어선 안되니, 그 혀끝엔
꿀이 있고, 마음 속엔 살기 찬 독이 있다.

아침이 되자 까마귀는 밭 주인이 몽둥이를 들고 그 장소로 오고 있는
것을 보았고 까마귀는 이같이 말했다.
"여보게, 죽은 체 하게. 배에 공기를 채우고, 다리를 뻣뻣이 한 채 가만
히 있다가 내가 신호를 하면 재빨리 일어나서 달아나게."

사슴은 까마귀의 말에 따라 그와 같은 자세로 가만히 있었다. 밭 주인은 사슴의 그런 모습을 보자 눈이 기쁨으로 빛나며 '아 ― 저절로 죽어버렸군' 하고 말하곤 사슴을 풀어놓고 그물을 거두기에 바빴다. 그러자 까마귀의 신호를 들은 사슴은 재빨리 일어나 달아났다. 이때 밭 주인이 사슴을 향해 던진 몽둥이에 재칼이 맞아 죽었다.

84. 선악의 행위는 때가 무르익으면 삼 년, 세 달, 세 번의 보름 혹은 삼일째에 그 결실을 거두게 된다.

줄기 이야기의 계속...

(생쥐 히란야까의 말) "그러므로 '먹히우는 자와 먹는 자와의 우정은 ….(55)' 이라고 말한 것일세."

그러자 까마귀 라그후빠따나까가 말했다.

85. 오 ― 무구한 자여, 비록 내가 그대(생쥐)를 잡아먹는다 해도 충분한 음식이 되는 게 아니다. 그러나 찌뜨라그리와(비둘기)의 일화와 같이 그대가 살면, 나도 살게 된다.

86. 상호간의 신뢰는 천성이 선한 동물 사이에서조차 관찰된다. 선량한 성품은 선천적으로 변함이 없기 때문이다.

87. 선인의 마음은 비록 그 감정이 도발 당해도 격분에 사로잡히지
    않으니, 마치 풀잎의 불로 바닷물을 덥힐 수 없는 것과 같다.

히란야까가 말했다.
"그대는 변덕스러운 마음을 가졌소. 그리고 변덕스런 자와는 우정을
맺어선 안되오."

88. 고양이와 물소와 숫양과 까마귀와 악인은 신뢰를 이용하여
    남을 지배한다. 그러므로 그들을 믿는 것은 옳지 않다.

"뿐만 아니라 당신은 나의 적 편이오. 이런 말도 있소."

89. 아무리 그럴싸한 회담일지라도 적과 화해해선 안되니, 물은
    아무리 뜨거워도 불을 꺼버린다.

90. 간악한 자는 아무리 지식으로 장식했을지라도 피해야 한다.
    뱀이 보석으로 장식했다고 물지 않겠는가?

91. 불가능한 것은 결코 실현되지 않고, 가능한 것은 반드시 실
    현되니, 수레는 물 위로 갈 수 없고, 배가 땅 위로 갈 수 없다.

92. 재력을 과신하여 적을 안심하고 믿거나 자신을 더 이상 사랑
    하지 않는 아내를 믿는 자는 아무리 재산이 많아도 그의 삶

은 끝난 것과 다름없다.

까마귀 라그후빠따나까가 말했다.
"히란야까, 당신의 이야기는 모두 들었소. 그러나 나는 당신과 반드시 우정을 맺고 싶소. 만일 그렇게 되지 않는다면, 당신의 집 앞에서 단식자살을 해 버리겠소."

93. 악인과의 우정은 흙그릇처럼 쉽게 깨치고 다시 결합하기 어려우며, 어진 사람과의 사귐은 금속 그릇처럼 잘 깨지지 않고 또 쉽게 결합된다.

94. 금속의 결합은 그 녹는 성질 때문에, 금수는 어떤 동기 때문에, 그리고 어리석은 사람은 두려움이나 이익 때문에 서로 결합하나, 어진 사람은 단지 보기만 하는 것으로 맺어진다.

95. 진정한 친구는 겉은 거치르나 속은 쥬스로 가득 찬 야자수 같고, 적은 겉만 번지레한 대추와 같다.

96. 비록 우정이 끝나더라도 어진 이의 덕은 변함없으니, 마치 연꽃의 줄기가 부러질지라도 섬유는 그래도 남아 있는 것과 같다.

97. 목적의 순수함과 관용, 용기, 고통과 즐거움에서 변함없는

행위, 예의와 애정, 그리고 진실함, 이것들이 참된 친구의 덕
성이다.

"이러한 덕을 갖춘 당신 외에 누구에게서 내가 진정한 우정을 얻겠습
니까?"
이런 말을 듣자 히란야까는 밖으로 뛰어나와 말했다.
"당신의 감로주와 같은 말에 취하여 내 마음 한없이 기쁩니다."

98. 더위에 시달린 사람의 시원한 목욕도, 진주목걸이도, 전단향
가루를 온몸에 바르는 것도 매혹적인 주문에 비할 만한 지
혜로 넘치는 현자의 말만큼 어진 이의 마음을 만족시킬 힘이
없다.

99. 배신, 구걸, 냉혹함, 변덕스러움, 성냄, 불성실, 도박, 이런 것
들이 우정에 있어서 과오이다.

"그런데 그대에게서는 위에 열거된 허물들 가운데 단 하나도 찾아볼
수 없소."

100. 영리함과 진실성은 대화의 과정에서 알 수 있으나 변덕스
러움과 겸손은 곧 보아 알 수 있다.

101. 그 마음이 청정한 사람의 우정은 기만적인 사람의 우정과

전혀 다르다. 그 마음이 기만성으로 물든 자의 행동은 말과
전혀 어긋난다.

102. 소인에 있어선 마음과 말과 행동이 다르나, 대인에겐 마음
　　 과 말과 행동이 일치한다.

"그러므로 당신이 원하는대로 하시오."

이렇게 말하고 히란야까는 까마귀와 우정을 맺고, 좋은 음식으로 까마
귀를 융숭히 대접하곤 각자 자기 집으로 돌아갔다. 그후로 그들은 서로
음식을 주고받기도 하고, 안부를 묻기로 하며, 믿음으로 대화를 나누기
도 하면서 시간을 보냈다. 그러던 어느 날 라그후빠따나까가 히란야까
에게 말했다.

"여보게 친구, 이곳은 먹이 구하기가 어려우므로 나는 다른 장소를 찾
아보려네."

히란야까가 대답했다.

"여보게, 대체 어디로 가겠단 말인가?"

103. 현명한 자는 한 발은 옮기되 다른 한 발은 멈추니, 새 장소
　　 를 잘 조사하기 전엔 옛 거처를 떠나선 안 된다.

까마귀가 말했다.

"잘 조사해 둔 장소가 있네"

히란야까가 물었다.

“그곳이 어디인가?”

까마귀가 답했다.

“단다까 숲에 까르뿌라가우라라는 호수가 있다네. 그곳에 오랫동안 사귀어 온 성실한 거북이 친구가 살고 있네.”

104. 남에게 설교하는 것은 쉽지만, 진리에 따라 자신의 의무를 다 하는 것은 다만 위대한 혼의 소유자에게서나 찾을 수 있다.

“그는 좋은 음식으로 날 대접해 줄 걸세.”

히란야까가 물었다.

“그럼 나는 혼자 남아 무얼 해야 하는가?”

105. 존경도, 생계수단도, 친척도, 지식을 얻을 기회도 없는 그런 곳은 떠나야 한다.

106. 생계수단, 권위에 대한 두려움, 수치심, 예의, 자선심 이 다 섯 가지가 갖추어지지 않은 곳에선 머물지 말 것이다.

107. 돈을 빌릴 곳, 의사, 베다에 정통한 바라문, 물이 가득한 강, 이 네 가지가 없는 곳에 살아선 안 된다.

“그러므로 나도 함께 그곳으로 데려가 주게.”

그리하여 까마귀는 친구 히란야까와 함께 여러가지 화제로 담소하면서 호수가에 도착했다. 멀리서부터 그들을 발견한 만타라(거북이)는 라그후빠따나까(까마귀)를 정중히 환영하고 히란야까(생쥐)도 손님으로 따스하게 맞이했다.

> 108. 아이건 노인이건 젊은이건 내 집에 찾아 온 사람은 손님으로서 정중히 대접해야 한다. 손님이란 모든 곳에서 공경의 대상이다.

까마귀가 말했다.

"여보게, 만타나. 이 분을 특별히 대접해 주게. 이 분은 히란야까라는 생쥐왕으로서 덕이 뛰어나고 자비심이 바다처럼 깊은 분일세. 천 개의 혀를 가진 뱀의 왕조차도 그의 덕을 다 칭찬하진 못할 걸세."

이렇게 말하고 그는 찌뜨라그리와의 사이에 일어났던 일화를 들려주었다. 만타라는 히란야까를 정중히 예우하고 말했다.

"사랑하는 벗이여. 아무도 살지 않는 이 황량한 저의 숲에 오게 된 연유가 무엇인지 들려주십시오."

히란야까가 답했다.

"말씀드리겠으니 들어보십시오."

제4화: 생쥐 히란야까의 사연

짬빠까라는 도시에 수행자의 도장이 있었는데, 그곳엔 쭈다까르나라는 이름의 수도자가 머물고 있었다. 그는 식사를 끝내고 남은 음식이 든 그릇을 벽에 박힌 못에 걸어 놓고 잠자곤 하였다. 그런데 생쥐 히란야까는 날마다 점프를 하여 그 음식을 먹곤 했다. 얼마 후 그 수행자의 절친한 벗인 위나까르나라는 수도자가 그곳을 방문했다. 그는 친구와 이 얘기 저 얘기 하면서 나를 위협하여 쫓으려고 낡은 대나무 조각으로 땅을 계속 두드렸다. 그러자 위나까르나가 물었다.

"여보게, 왜 내 말은 안 듣고 딴 일에만 신경 쓰는가?"

쭈다까르나가 답했다.

"얘기를 듣지 않는 것이 아닐세. 내게 피해를 주는 이 생쥐를 보게나. 걸식으로 얻어서 그릇에 담아 놓은 음식을 저렇게 뛰어올라 다 먹어 치우지 않는가."

그러자 위나까르나는 그것을 바라보면서 말했다.

"힘이 약한 생쥐가 어떻게 저리 높이 뛰어 오를 수 있는가? 거기엔 어떤 까닭이 있을 걸세."

109. 젊은 아내가 갑자기 늙은 남편의 머리카락을 잡아당겨 포
     옹하고는 입을 맞추니, 거기엔 어떤 까닭이 있음에 틀림없
     다.

쭈다까라나가 '그것이 무슨 얘기인가?' 라고 묻자 위나까르나는 다음과 같은 얘기를 하였다.

제5화: 늙은 남편과 젊은 아내

가우다 족의 영토에 꼬삼비라는 도시가 있는데, 그곳에 짠다나다사라는 돈 많은 상인이 살고 있었다. 나이가 늘그막에 달하자 정욕에 가득 찬 마음과 돈에 대한 자만심에서 릴라와띠라는 상인의 딸과 결혼했다. 그녀는 사랑의 신의 승리의 깃발과 같은 젊음의 정점에 있었고, 늙은 남편은 그녀를 만족시킬 수 없었다.

110. 여인네의 마음은 노년으로 낡아 버린 지체를 가진 남편을 달가워하지 않으니, 마치 달빛 아래 추위에 찌든 남자의 지체나 태양 아래 더위에 시달린 남자의 지체를 달가워하지 않는 것과 같다.

111. 머리카락조차 회색으로 변할 때면 이미 다른 곳에 가 있는 여인의 마음은 늙은이를 쓴 약처럼 여길 터인데 무슨 욕정을 가질 수 있겠는가?

그러나 그 늙은 남편의 젊은 아내에 대한 애착은 매우 컸다.

112. 재물에 대한 탐심과 생명에 대한 애착은 언제나 큰 것이지만 늙은 남편에게 젊은 아내는 자신의 생명보다 더 소중하다.

113. 늙은 남편은 쾌락을 즐길 수도 없고, 그것을 포기할 수도 없

으니, 마치 이빨 없는 개가 뼈를 버리지도 못하고 혀로 핥기
만 하는 것과 같다.

그러자 릴라와띠는 젊음의 열기 때문에 가정의 법도를 어기고 어떤 상
인의 아들에게 마음이 끌렸다.

114. 구속 없는 삶, 친정살이, 축제에서 낯선 남자와의 만남, 외국
     에 머물기, 비천한 여자들과의 어울림, 남편의 노쇠, 남편이
     외국에 머묾, 이런 것들은 여인의 덕을 파괴하는 원인이다.

115. 음주, 악인과의 어울림, 남편과 떨어져 있기, 멋대로 돌아다
     니기, 남의 집에서 잠자기나 머물기, 이 여섯 가지는 여성에
     게 과실을 초래하는 원인이다.

116. 적당한 장소, 한가한 시간, 혹은 구애자 이 세 가지가 없을
     때만 여인은 순결을 유지한다.

117. 여인에겐 마음에 안 드는 자도 없고, 또 여인에게 사랑 받는
     자도 없으니, 그들은 마치 소가 풀을 찾듯이 언제나 새로운
     남성을 찾는다.

118. 여성은 기름 항아리와 같고, 남성은 숯불과 같으니, 그러므
     로 현명한 사람은 둘을 함께 두어선 안 된다.

119. 여인의 순결의 원인은 수줍음도, 좋은 교육도, 정숙함도, 두
　　　려움도 아니며 다만 구애자가 없음이다.

120. 여성은 어린 시절엔 아버지가, 젊은 때는 남편이, 노년엔 아
　　　들이 보호해야 하며 자유롭게 두어선 안 된다.

어느 날 릴리와띠가 보석으로 장식된 화려한 침대에 앉아 상인의 아들
과 정담을 나누고 있을 때, 남편이 예기치 않게 찾아 온 것을 알았다. 그
러자 그녀는 재빨리 일어나 남편의 머리카락을 당겨 포옹하고서 입을 맞
추었고 그 틈에 정부는 달아났다.

121. 우샤나와 브리하스빠띠가 알고 있는 모든 학식이 여성의
　　　선천적 지혜 속에 이미 간직되어 있다.[16]

마침 가까이서 그런 광경을 목격한 중신쟁이 여인이 그 이유를 밝혀
내어, 릴라와띠를 협박해 돈을 뜯어냈다.

【제4화의 계속】

(수도승 위나까르나) “ 그러므로 ‘젊은 아내가 갑자기 남편의… .(109)’
라고 말한 것일세”

---

16) 우샤나: 악신 아수라의 스승, 브르하스빠띠: 신들의 스승.

"그러므로 이 생쥐가 힘을 유지하는 데에도 무슨 이유가 있을 것이
네."

잠시 생각한 후 수도승 쭈다까르나가 말했다.

"그 이유는 많은 재산임에 틀림없네."

122. 이 세상에선 어디서나 어느 때나 돈 가진 자가 힘이 있으며,
　　 왕의 막대한 권력도 돈이 바로 그 바탕이 된다.

(생쥐 히란야까) "그 후 수도승은 곡괭이를 가지고 구멍을 뚫은 후 내
가 오랫동안 모은 재산을 모두 가져갔소. 그 후 나는 힘을 잃고 무기력하
게 되어 끼니조차 이을 수 없게 되었고, 맥없이 천천히 움직이는 것을 쭈
다까르나 발견하게 되었소. 그리고 그는 다음과 같이 말했소."

123. 이 세상에서 사람은 돈으로 권세를 얻고, 돈으로 학자도 되
　　 니, 초라한 모습으로 바뀐 저 생쥐를 보라.

124. 머리도 모자라고 돈도 없는 사람의 모든 행위는 마치 여름
　　 날의 작은 냇물처럼 결실없이 사라져 버린다.

125. 돈 가진 사람에게 친구가 있고, 돈 가진 사람에게 친척도 있
　　 으며, 돈 가진 사람이 이 세상에선 사람대접 받으며, 돈 가
　　 진 사람이 학자(빤디뜨)이다.

126. 아들 없는 집이 공허하듯 좋은 친구 없는 사람은 공허하다.
바보에겐 가는 곳마다 공허하나, 가난한 자에겐 모든 것이
공허하다.

127. 건전한 사지와 이름도 변함없고, 손색없는 지력과 말과 사
람도 똑같건만, 돈의 따스함을 잃어버리는 순간 전혀 다른
사람이 되어 버리니 정말 이상하구나.

"이 모든 것을 듣고 나서 나는 '이제 이곳은 더 이상 나의 거처로서 부
적합하다. 그리고 이런 일은 남에게 말하기도 수치스럽다.' 라고 혼자 생
각했소"

128. 현명한 사람은 재산의 상실, 심적 불안, 집안의 비행, 기만
당한 일과 굴욕을 밝혀선 안 된다.

129. 수명, 재산, 집안의 비밀, 주문, 성적 향락, 약품, 고행, 보시,
굴욕, 이 아홉 가지는 조심스럽게 감추어야 한다.

130. 인간의 노력과 힘이 아무 소용없고, 운명이 극한의 곤경으
로 몰고 갈 때, 가난한 현자가 갈 곳이 숲 속 밖에 어디 있겠
는가?

131. 자존심을 가진 사람이라면 비굴하게 살기보다 차라리 죽음을

택할 것이며, 불은 차라리 꺼질지언정 차가와지지 않는다.

132. 현자의 길은 꽃과 같이 두 가지 길 밖에 없으니, 모든 사람
의 머리 위에 머무르든지, 아니면 한적한 숲에서 홀로 시들
어 간다.

"그리고 여기서 구걸하며 사는 것은 극히 굴욕적이다."

133. 염치를 다 버리고 천한 사람에게 구걸하며 사느니보다는
차라리 생명을 불살라 버리는 것이 가난한 자로서 더 낫다.

134. 가난으로부터 비굴한 마음이 일어나고, 비굴함에서 도덕성
을 잃게 되고, 그로부터 경멸을 당하게 되고, 경멸받음으로
써 낙심하게 되고, 낙심에서 슬픔이 오고, 슬픔에서 이성을
잃게 되고 이성을 잃음으로써 마침내 파멸에 이르게 되니,
아 - 가난은 모든 불행의 근원이구나.

135. 거짓을 말하느니 차라리 침묵을 지키는 것이 낫고, 남의 아
내를 범하느니 차라리 성불구가 나으며, 악인의 말에 혹하
느니 차라리 생명을 버리는 것이 낫고, 남의 재물을 향락하
느니 구걸하여 사는 것이 낫다.

136. 난폭한 수소보다 빈 암소 외양간이 낫고, 방종한 아내보다

창녀가 낫고, 무모한 왕의 도시보다 숲에 머묾이 낫고, 천박한 자와 사귀느니보다 차라리 죽는 것이 낫다.

137. 남의 밑에서 시중들기는 자존심을 파괴하고, 달빛은 어둠을 파괴하며, 연륜은 젊음의 아름다움을 파괴하고, 하리와 하라의 이야기가 죄악을 파괴하듯이 구걸은 백 가지 좋은 덕을 파괴한다.[17]

"이렇게 생각하고는 스스로에게 말했지요. '그렇다면 무얼 할까? 남의 밥덩이로 끼니를 메워야 하나? 아 ― 어렵다 ! 그 역시 제2의 죽음의 문이구나.' 라고"

138. 얄팍한 지식, 돈으로 얻은 성적 쾌락, 남의 음식에 의존하기, 이 세 가지는 인간에게 수치이다.

139. 병상생활, 오랜 추방 생활, 남의 음식으로 사는 것, 타인의 집에 기생함, 그러한 삶은 죽음과 다름없으니, 차라리 죽음이 그들에게 휴식이 된다.

"이렇게 생각하면서도 탐욕 때문에 나는 재산을 축적하고자 결심했소."

---

17) 하리는 우주의 유지신인 위슈누의 이명이며, 하라는 파괴의 신인 쉬와의 이명이다.

140. 재물욕으로 판단이 빗나가고, 재물욕은 욕망을 낳는다. 욕
　　　망에 사로잡힌 사람은 현세와 내세에서 고통을 겪는다.

"그 후 나는 여기저기 돌아다녔고, 그러다가 그 위나까르나의 대나무
에 얻어맞게 되었소. 그때 나는 만족하지 못하는 욕심쟁이는 반드시 자
신을 해치고 만다는 것을 느꼈지요."

141. 만족하는 마음을 가진 자가 부자이다. 가죽신을 신은 발에
　　　겐 전 대지가 가죽으로 덮힌 것과 다름없다.

142. 평화로운 마음이 누리는 행복, 그리고 감로주를 마신 자가
　　　느끼는 그러한 행복을, 재물욕에 사로잡혀 이리저리 날뛰
　　　는 자가 어디서 발견할 수 있겠는가?

143. 모든 욕망을 던져 버리고, 만족하여 편안한 사람을 가리켜
　　　이미 모든 것을 배웠고, 행위를 완성한 사람이라고 한다.

144. 부자 집 문전에서 서성거린 적이 없고, 이별의 고통을 경험
　　　한 적이 없으며, 비굴한 말을 해본 적이 없는 그런 사람의
　　　삶은 실로 축복받은 것이다.

145. 갈증에 시달리는 사람에겐 백 리 길도 먼 거리가 아닌 반면,
　　　만족하는 사람은 손바닥에 놓인 물건도 하찮게 여긴다.

"이런 상황에서 무엇을 해야 할까를 결정해야 했지요."

146. 무엇이 이 세상에서 사람의 다르마인가? 모든 중생에 대한
동정심이다. 무엇이 참다운 행복인가? 병 없음이다. 무엇이
애정인가? 온후한 마음이다. 무엇이 지혜인가? 바른 결단
이다.

147. 지혜란 불운이 닥쳐올 때 즉각 결단을 내리는 것이다. 결단
을 내리지 못하는 사람에게 재난은 매 걸음마다 닥쳐온다.

148. 한 가정을 구하기 위해선 한 개인을 포기해야 하며, 한 마음
을 위해선 한 가정을, 한 나라를 위해선 한 마을을 포기해야
한다. 그러나 자기 자신을 위해선 전 세상도 버려야 한다.

149. 쉽게 얻을 수 있는 물과 위험이 따르는 맛있는 음식, 이 둘
가운데 신중히 생각한 끝에 편안함이 있는 곳에 행복이 있
음을 발견했다.

"이렇게 생각하여 이 쓸쓸한 숲으로 오게 되었소."

150. 친지들 가운데서 돈 없이 초라하게 사느니 차라리 호랑이
와 코끼리가 출몰하는 숲에서 나무를 집으로 삼고, 열매와
물을 음식으로 삼고, 풀잎을 침대로, 나무껍질로 옷을 해 입

고 사는 삶이 더 낫다.

"그 후 저의 공덕의 결실로 친구(까마귀)의 우정의 은혜를 받았고 더 나아가 이제는 천국과 같은 당신의 안식처에 이르게 되었소."

151. 독 있는 나무와 같은 세속적 생존 가운데 단 두 가지의 달콤한 열매가 있으니, 하나는 감로수와 같은 시의 맛이며, 다른 하나는 좋은 친구와의 사귐이다.

줄기 이야기의 계속...

생쥐 히란야까의 사연을 다 듣고나서 거북이 만타라가 말했다.

152. 재물이란 발끝의 먼지와 같고, 젊음은 골짜기의 물처럼 빨리 흘러가며, 삶은 구르는 물방울처럼 불안정하고, 생명은 물거품처럼 무상하다. 어리석은 자는 천국의 문의 빗장을 여는 다르마를 수행하지 않으니, 노년이 닥쳐오면 후회에 사로잡혀 비탄의 불에 타 버린다.

"그대는 너무 많은 돈을 쌓아 두었소. 그것이 이 모든 불행한 결과의 원인이오."

153. 남에게 배푸는 것이 바로 모은 재산을 지키는 방법이다. 마치 저수지에 고인 물을 흘러 보내는 것이 물을 깨끗이 유지하는 길인 것과 같다.

154. 수전노가 재물을 땅속 더욱 깊숙이 파묻는 것은 지옥의 거처로 가기 전에 그 길을 스스로 닦는 것과 같다.

155. 자신의 안락을 희생해 가며 재물만을 모으려는 사람은 남의 짐을 지는 것처럼 다만 번민의 그릇일 뿐이다.

156, 157. 자신이나 혹은 자신의 즐거움을 위해 돈을 사용하지 않고, 다만 거머쥐고 있는 것만으로 그를 부자라고 한다면 왜 우리도 바로 그 돈으로써 부자라고 해선 안 된단 말인가?

158. 사용되지 않는 수전노의 재산은 남과 공동의 재산이다. 그것이 그의 돈이라는 것은 잃어버릴 때의 비애로써 알려질 뿐이다.

159. 부드러운 말과 더불은 자선, 교만하지 않은 지식, 인내와 더불은 용기, 자선으로 소비되는 재물, 이 넷은 세상에서 보기 드문 것이다.

160. 저축은 항상 해야 하지만, 지나친 저축은 삼가야 한다. 보
라 ! 저축벽을 가진 재칼이 활에 맞아 죽은 것을.

까마귀와 생쥐가 '무슨 얘기인가?' 라고 묻자 만타라가 다음과 같은
얘기를 시작했다.

제6화: 사냥꾼과 재칼

깔야나라는 지방에 브하이라와라는 사냥꾼이 살고 있었다. 어느 날 그
는 사슴을 찾아 빈드흐야 숲으로 갔다. 사냥한 사슴을 짊어지고 가는데
사납게 생긴 멧돼지를 보았다. 사냥꾼은 사슴을 땅에 내려놓고 화살로
멧돼지를 쏘았다. 멧돼지는 우뢰와 같은 소리를 토하며 사냥꾼을 들이
받았고, 사냥꾼은 밑둥이 잘린 나무처럼 쓰러졌다.

161. 물, 불, 독, 무기, 기아, 질병 또는 벼랑으로부터의 추락 등
예기하지 않은 원인으로부터 생명을 잃는다.

그런데 그들의 발에 짓밟혀 뱀도 죽었다. 그 후 디르그하라와라는 재
칼이 먹이를 찾아 돌아다니다가 우연히도 사슴, 사냥꾼, 뱀, 멧돼지가 한
곳에 함께 쓰러져 있는 것을 발견했다. 재칼은 '이게 웬 횡재냐.' 라고 생
각했다.

162. 생각지 못했던 불운이 찾아오듯 행운도 그러하다. 그러므로 나는 '모든 것이 운명의 손에 달려 있다'고 생각한다.

"어쨌든 이 고기로 세 달간은 편안히 지내겠군."

163. 사람 고기로 한 달, 사슴과 멧돼지 고기로 두 달을, 뱀으로 하루를 지낼 수 있으니, 오늘은 먼저 심줄로 만들어진 활줄을 먹어야겠다.

"당장 배가 고프니 먼저 활에 붙은 심줄로 만들어진 맛없는 활줄부터 먹자."
이렇게 말하곤 활줄을 물어뜯자마자 디르그하라와는 활줄이 끊어지면서 튕긴 활대에 가슴을 맞아 죽었다.

(만타라) "그러므로 '저축은 항상 해야 하지만 지나친 ….(160)' 이라고 말한 것이오."

164. 재물을 남에게 베풀거나 자신을 위해 쓸 때만이 참다운 부자이다. 부자도 죽으면 아내도 재물도 남의 차지가 된다.

165. 그대의 재물은 일부는 합당한 사람에게 베풀고, 일부는 스
스로 향유하며, 나머지는 누군가를 위해 보존해야 한다.

"과거는 이제 잊어버리시오. 이제 와서 지난 일을 왈가왈부해 봤자 무
슨 소용이 있겠소?"

166. 현명한 사람은 얻을 수 없는 것을 바라지 않고, 잃어버린 것
을 한탄하지 않으며, 역경에서 좌절하지 않는다.

"그러므로 친구여. 언제나 희망을 가져야 하오."

167. 아무리 책을 많이 읽고 공부했어도 여전히 바보일 수 있다.
아는 것을 실행에 옮기는 그가 배운 자이니, 아무리 잘 선택
된 약도 이름만 듣고 건강이 회복될 수는 없다.

168. 지식은 결행을 망설이는 사람에겐 조그만 이익도 주지 않
는다. 등불은 비록 장님의 손바닥에 놓여 있을지라도 그에
게 사물을 비춰 줄 수 없다.

"그러므로 친구여, 그대는 이 특수한 상황에 잘 적응해야 하오. 그리
고 너무 어렵다고 생각할 필요는 없소."

169. 왕과 숙녀, 바라문, 대신, 가슴과 치마, 머리카락과 손톱과

사람은 제 위치를 잃으면 빛나지 않는다. 이런 도리를 알고
현자는 자신의 위치를 떠나서는 안 된다.

"이것은 겁쟁이의 말이오. 왜냐하면"

170. 용기 있는 사람과 사자와 코끼리는 본래의 장소를 떠나 다
른 곳으로 나아간다. 반면에 겁쟁이와 까마귀 그리고 사슴
은 제자리에서 살다 죽는다.

171. 지혜와 용기를 가진 자에겐 내 영토와 남의 영토가 따로 없
다. 가는 곳이 어디 건 자신의 힘으로써 원하는 것을 획득
하니, 마치 턱과 발톱과 꼬리로 무장한 사자가 어느 숲에 가
든지 그가 죽인 코끼리의 피로 갈증을 식히는 것과 같다.

172. 개구리가 늪으로, 새들은 물이 가득 찬 호수로 가듯이, 모든
재물은 반드시 부지런한 사람에게로 돌아간다.

173. 행복과 마찬가지로 내 몫으로 떨어진 불행 또한 기꺼이 받
아들이자. 행복과 불행은 수레바퀴처럼 돌고 도는 것.

174. 부귀의 여신 락슈미는[18] 활기 넘치고, 민첩하며, 실천력 있

---

18) 위슈누 신의 부인이며, 부귀와 행운의 여신으로 인도에서는 가을이 되면 이 여신
을 예배드리는 성대한 축제가 열린다.

고, 악에 물들지 않으며, 용기 있고, 은혜를 망각하지 않으며, 의리를 지키는 사람에게 찾아간다.

175. 용자는 비록 돈이 없이도 존경받는 높은 지위에 오르나, 수전노는 비록 많은 돈을 가졌을지라도 경멸의 대상이 된다. 개가 금 화환을 둘렀다 하여 천성으로 타고 난 사자의 위엄을 가질 수 있겠는가?

176. 왜 그대는 돈이 있다고 교만하며, 왜 돈을 잃는다고 슬퍼하는가? 사람의 흥망성쇠란 손으로 쳐서 오르내리는 공과 같은 것.

177. 구름의 그림자, 사악한 자와의 우정, 햇곡식, 연인, 젊음, 그리고 재물은 짧은 시간만 지속될 뿐이다.

178. 생계를 위해 너무 애쓰지 말지니, 그것은 우주의 섭리에 의해 이미 마련된 것. 새 생명이 출생하자마자 어머니의 가슴은 젖으로 넘쳐흐른다.

179. 백조의 빛깔을 흰색으로, 앵무새의 빛깔을 초록색으로, 공작새의 빛깔을 다채롭게 만들어 준 그 섭리가 그대의 생계도 마련해 줄 것이다.

"또, 친구여. 이 진실의 비밀을 들어보오."

180. 얻으려면 수고가 따르고, 잃게 되면 고통스러워지며, 번영할 땐 마음을 마비시키는 그 재물이 어떻게 우리를 행복으로 이끌 수 있겠는가.

181. 다르마를 위해 돈을 모으려 하느니 차라리 돈에 대한 욕심을 없앰이 나으며, 진흙을 묻히고 그것을 씻으려 하기보다는 아예 진흙을 멀리 피하는 것이 낫다.

182. 먹이는 공중에선 새에게, 땅에선 짐승에게, 물에선 악어에게 먹히듯이, 부자는 어디서나 타인의 먹이감이다.

183. 모든 생명에겐 죽음의 위협이 따르듯이, 부자에겐 언제나 나라의 왕, 물, 불, 도둑, 그리고 친척으로부터의 위협이 따른다.

184. 고통이 가득한 이 세상에서 무엇이 이보다 더 큰 괴로움인가? 재물은 욕심대로 얻어지지 않고, 그렇다고 욕심은 없어지지 않는구나.

"형제여, 다시 들어보시오."

185. 재물은 쉽게 얻을 수도 없고, 얻었을 땐 지키는 것이 어렵
    고, 잃어버리면 죽음처럼 괴로우니, 그러므로 아예 재물에
    대해 생각조차 하지 않는 것이 좋다.

186. 욕망을 버린다면 누가 부자이고 누가 빈자인가? 그러나 일
    단 욕망이 작용하기 시작하면 곧바로 그에 예속된다.

187. 무엇을 원하건 욕망으로부터 새로운 욕망이 일어나니, 욕
    망이 사라질 때 실제로 그 대상이 획득될 수 있다.

"더 이상 말할 필요가 무엇이오? 저와 우정을 맺고 이곳에서 함께 지
내도록 하십시오."

188. 고귀한 마음을 가진 자는 그 우정이 죽는 날까지 지속되며,
    분노는 일어나는 순간 사라지며, 은혜를 베풀되 대가를 기
    대하지 않는다.

거북이의 말을 듣고 비둘기 라그후빠따나까가 말했다.
"만타라여, 자네의 덕은 어느 곳에서나 칭찬할 만하네."

189. 선인만이 선인을 불행에서 구할 수 있고, 코끼리만이 늪에
    빠진 코끼리를 구할 수 있다.

190. 도움을 요구하고 보호를 구하는 사람을 실망시켜 돌려보내
　　지 않는 사람만이 모든 사람 가운데서 칭찬받을만 하고, 어
　　진 사람이며, 축복받은 사람이다.

　그리하여 그들(거북이 · 까마귀 · 생쥐) 세 친구들은 마음껏 먹고 놀며
즐겁고 만족스럽게 살았다. 그러던 어느 날 찌뜨랑가라는 한 사슴이 누
군가에 놀라 그들 틈에 뛰어 들었다. 사슴을 보자 뒤쫓는 자가 있다고 추
측하여 만타라는 물 속으로 들어갔고, 쥐는 쥐구멍으로, 까마귀는 나무
위로 날아올랐다. 라그후빠따나까는 멀리 살펴보곤 아무도 뒤쫓지 않음
을 확인했다. 그러자 그의 말에 따라 셋이 다시 한 자리에 모여 앉았다.
그러자 만타라가 말했다.

　"사슴 친구여, 환영합니다. 마음껏 음식을 드십시오. 그리고 여기 머
물러 숲의 주인이 되어 주십시오."

　찌뜨랑가가 말했다.

　"저는 포수에 놀라 당신들의 보호를 구해 여기로 왔습니다. 당신들의
친구가 되고 싶습니다."

　히란야까가 말했다.

　"우리는 이미 친구입니다. 염려하지 마십시오."

191. 친구엔 네 가지가 있으니 혈연에 의한 것, 혼인에 의한 것,
　　세습적인 친구, 그리고 재난으로부터 구해짐으로써 맺어진
　　친구이다.

"그러므로 이곳을 당신 집처럼 생각하고 편안히 머무십시오."

이 말을 듣자 사슴은 매우 기뻐하며, 마음껏 음식을 먹고, 물가의 나무 그늘에 앉았다. 만타라가 물었다.

"사슴 친구여, 당신은 누구에 의해 이 쓸쓸한 숲에서 그토록 위협을 받았습니까?"

사슴이 말했다.

"깔링가국에 루끄망가다라는 왕이 있습니다. 그는 영토를 점차 넓혀가면서 이곳까지 이르게 되었고, 짠드라브하가 강변에 그의 야영군대와 함께 머물고 있습니다. 그가 내일은 이곳에 와서 까르뿌라 호수 근처에 머물 것이라는 소문을 사냥꾼의 입에서 들었습니다. 이곳 우리의 거처도 내일은 위협당할지 모르니 사태에 대비할 행동을 취하십시오."

이 말을 들은 거북이는 두려워하며 말했다.

"나는 다른 못으로 옮기겠소."

까마귀와 사슴도 말했다.

"그렇게 합시다."

그러나 히란야까가 미소지으며 말했다.

"다른 못에 도달할 수 있다면 더 없이 좋은 일이지만, 그것에 이르기까지 무슨 방어책이 있습니까?

     192. 물은 수중에 서식하는 동물에게, 성은 성곽에 습관적으로
　　　　　사는 사람들에게 가장 큰 힘이 되며, 짐승과 다른 동물들,
　　　　　그리고 왕의 대신들에겐 자신의 땅이 가장 큰 힘이다.

"친구 라그후빠따나까여. 이 충고가 다음과 같은 결과를 가져올 것이오."

193. 그대는 자기 아내가 힘껏 포옹받는 것을 목도하고 괴로움
에 빠진 상인처럼 될 것이다.

그들이 '그것이 무슨 얘기인가?' 라고 묻자, 히란야까가 다음과 같은
얘기를 시작했다.

제7화: 왕의 아들과 상인의 아내

깐야꾸브자 국에 위라세나라는 왕이 있었다. 그는 뚱가발라라는 왕자
를 위라뿌라라는 도시의 통치자로 임명했다. 부와 젊음을 가진 그는 어
느 날 자신이 다스리는 도시를 거닐다가 젊음의 절정에 있는 라완야와띠
라는 젊은 상인의 아내를 보았다. 애욕에 사로잡힌 마음으로 궁에 돌아
온 그는 그녀에게 사신을 보냈다.

194. 덕의 길을 지키고, 감관을 통제하며, 부끄러움을 알고, 절제
를 견지하는 한, 검은 속눈썹을 가진, 귀까지 뻗친 눈썹의
활을 당겨 쏜 매혹적인 여인의 유혹이라는 화살이 그의 심
장에 꽂히지 않는다.

라완야와띠도 그를 보는 순간부터 사랑의 창에 맞아 그녀의 가슴이 깊
이 상하였고, 오직 그만을 생각했다.

195. 배신, 무모함, 기만성, 질투, 탐욕, 부덕, 부정(不貞)이 여인
　　　의 천성적 결함이다.

사신의 말을 듣자 라완야와띠가 말했다.
"저는 남편에게 모든 것을 바치고 있습니다. 어떻게 남편을 배신하는
행동을 할 수 있겠습니까?"

196. 집안 살림에 부지런한 그녀가 아내이며, 자손을 잘 낳아 주
　　　는 그녀가 아내이다. 남편을 자신의 목숨처럼 사랑하는 그
　　　녀가 아내이며, 오직 남편에게만 헌신하는 그녀가 아내이
　　　다.

197. 남편이 즐거워하지 않는 일을 하는 여인은 아내라고 부를
　　　수 없으니, 남편이 즐거워할 때 모든 신들이 그 여인과 더불
　　　어 즐거워한다.

"그러므로 제 생명의 주인이 명령하는 대로 두말없이 순종합니다."
사신이 '그것이 진심입니까?' 라고 묻자 라완야와띠는
"분명히 진심입니다"
라고 답했다. 그 후 사신은 돌아가서 모든 사실을 뚱가발라에게 보고
했다.
그 말을 들은 뚱가발라가 말했다.
"남편이 그녀를 이리로 데려와서 나에게 그녀를 헌납하도록 할 수는

없을까?'

그러자 중신쟁이 여인이 말했다.

"술책을 쓰십시오."

198. 힘으로는 될 수 없는 것도 계략을 쓰면 가능하다. 늪을 지나
가던 코끼리가 재칼에게 죽음을 당하였다.

뚱가발라 왕자가 '그것이 무슨 얘기냐?' 라고 묻자 중신쟁이가 얘기하
기 시작했다.

제8화: 재칼과 코끼리

브라흐마아란야에 까르뿌라띨라까라는 코끼리가 있었다. 그를 보자
모든 재칼들이 생각했다.

'계략을 써서 이 코끼리를 죽일 수 있다면 그 고기는 석 달분의 식량이
될 것이다.' 라고.

그러자 한 늙은 재칼이 말했다.

"내가 계략을 써서 코끼리를 죽이겠다."

그 후 그 교활한 늙은 재칼은 까르뿌라띨라까에게 접근하여 몸의 여덟
부분을 땅에 대고 절을 하며 말했다.

"어르신, 한번 친견할 수 있는 은혜를 베풀어주십시오."

코끼리가 물었다.

"그대는 누구며, 어디서 왔는가?"

늙은 재칼이 답했다.

"저는 재칼로서 이 숲에 사는 모든 동물들의 모임에서 논의 끝에 어르신에게 파견되었습니다. 왕 없이 사는 것은 옳지 못하기에 왕의 덕망을 갖춘 어르신을 이 숲의 왕으로 모셔 권좌에 오르시게 하기로 결정하였습니다."

199. 그 가문과 혈통, 행위가 청정하고, 의협심이 있으며, 다르마를 지키고, 통치술에 밝은 이야말로 왕이 되기에 적합하다.[19]

200. 먼저 왕을 모시고 다음에 아내를, 그리고 재물을 얻어야 한다. 왕이 없는 세상에 어떻게 아내와 재물이 있을 수 있겠는가?

201. 왕이란 비와 같이 만 생명의 유지자이다. 그러나 비는 좀 부족해도 생명이 유지될 수 있지만 왕 없이는 그렇지 못하다.

202. 천성이 선한 사람은 드물며, 대개는 형벌의 두려움 때문에 윤리, 도덕이 지켜지는 것이다. 좋은 가문의 여인이 비록

---

19) 통치술로 번역된 범어 nīti(니띠)는 사전적으로는 '행위', '정책' '정치', '도덕적 행위' 등 여러가지 뜻을 가지며, 정치학, 윤리학, 정책론 등을 포괄하는 말로 쓰인다. 역자는 이 단어를 통치술, 치세학, 경세술 등으로 번역하였다. 『히또빠데샤』도 니띠를 다루는 문헌에 속한다.

볼품없고 불구이며, 병들고 가난한 남편일지라도 그에 충
실한 것도 형벌의 두려움 때문이다.

"어르신, 그러므로 이 좋은 기회를 놓치지 않도록 빨리 오십시오."

이렇게 말하고 재칼은 일어나서 갔다.

그러자 까르뿌라띨라까는 왕위를 얻으려는 욕심에 사로잡혀 재칼의
뒤를 따라 달리다가 큰 늪에 빠졌다. 코끼리가 말했다.

"여보게 재칼선생, 어쩌면 좋겠는가? 내가 늪에 빠져 죽겠네. 돌아와
서 날 도와주게."

재칼은 미소지으며 답했다.

"어르신, 제 꼬랑지를 잡고 나오세요. 어르신은 저와 같은 자의 말을
믿었기 때문에 어쩔 수 없는 고통을 겪고 있습지요."

203. 선인과 사귀면 기쁨이 오나, 악인과 사귀면 고통에 떨어진다.

그 후 깊은 늪에 빠진 코끼리는 재칼에게 잡아 먹혔다.

【제7화의 계속】

(중신쟁이) "그러므로 '힘으로 될 수 없는 것도 계략을 쓰면….(198)'
이라고 말씀드린 것입니다."

그리하여 왕자는 중신쟁이 여인의 계략대로 상인의 아들 짜루다따를

시종으로 고용하였고 후에 그는 가장 신임받는 직위에까지 올랐다.

어느 날 왕자는 목욕하고 향유를 바르고 금과 보석으로 치장한 후 다음과 같이 말했다.

"오늘부터 한 달 동안 나는 가우리에 대한 서원을 지키겠다. 그러니 매일 밤 양가집 처녀를 데려 오라. 그러면 법도에 맞춰 예배올리겠다." [20]

그리하여 짜루다따는 분부대로 젊은 처녀들을 데려왔고, 숲에서 그가 어떻게 하는지 관찰했다. 뚱가발라는 처녀들의 옷에 손도 닿지 않도록 거리를 두고 값비싼 옷과 장신구와 전단향 등을 선물로 준 후, 호위를 딸려 귀가시켰다. 그러자 젊은 상인은 자신이 본 것을 그대로 믿었고, 또 욕심에 사로잡혀 자기 아내인 라완야와띠를 데려와 바쳤다.

뚱가발라는 그녀가 마음 깊이 동경해온 라완야와띠임을 알고 급히 일어나 그녀를 꽉 포옹했다. 그것을 보자 젊은 상인은 그림 속의 인물처럼 어찌할 바를 모른 채 깊은 슬픔에 빠졌다.

줄기 이야기의 계속...

(생쥐 히란야까) "그러므로 '그대는 자기 아내가 힘껏 포옹받는 것을….(193)' 이라고 말했던 것일세"

커다란 두려움에 사로잡힌 만타라는 친구의 우정어린 충고를 무시하고 못을 떠나 다른 곳으로 향했다. 히란야까와 다른 친구들도 재앙이 올 것을 감지하고 만타라를 뒤따랐다. 만타라가 땅으로 기어가는 동안 숲

---

20) 생리를 하기 이전의 어린 여자 혹은 순결한 처녀를 숭배하는 의식.

속에서 사냥감을 찾던 포수에게 발견되었다. 만타라를 보자 그것을 집
어 올려 그의 활에 묶은 후, 여기저기 다니는 동안 쌓인 피로가 초래한
갈증과 배고픔을 참으며 집으로 향했다. 사슴과 까마귀와 생쥐는 깊은
슬픔에 빠져 그를 뒤따랐다. 그러자 히란야까가 탄식했다.

> 204. 하나의 불행이 끝나기도 전에 또 다른 불행이 닥치니, 바다
> 의 끝이 없는 것과 같다. 불행은 약점 속에서 중첩되어 찾
> 아온다.

> 205. 행운으로 얻어진, 그리고 그 우정이 진실한 친구는 역경에
> 서조차 우리를 버리지 않는다.

> 206. 사람은 친구에 대해 본성적으로 갖는 그런 신뢰를 어머니
> 나 아내, 형제나 아들에 대해선 갖지 못한다.

"생각하면 할수록 불운하구나."

> 207. 마치 생사윤회와 같이 바로 이 현세에서도 좋고 궂은 운명
> 의 변화를 겪으니, 그것은 자신의 행위의 결과로서 때가 되
> 면 일어나는 것이다.

> 208. 육신은 소멸되기 마련이고, 재물은 재앙의 근원이며, 만남
> 은 이별을 수반하니, 모든 지어진 것은 무상하다.

209. 괴로움과 적으로부터 일어나는 두려움을 방어해 주며, 기쁨과 신뢰의 바탕인 '친구' 라는 두 글자. 누가 이 보석을 만들었는가?

210. 만나면 즐겁고 마음에 기쁨이 샘솟으며, 고락을 함께 나누는 친구란 발견하기 어렵고, 번영할 때 재물을 탐하여 모여드는 친구는 어디에나 흔히 있다. 그러므로 역경은 친구의 진실성을 시험하는 시금석이다.

이렇게 한탄한 후 히란야꺄는 찌뜨랑가와 라그후빠따나까에게 말했다.

"사냥꾼이 숲을 떠나기 전에 만타라를 구하기 위한 시도를 해보세."

그들이 말했다.

"그러면 어떻게 해야 할지 말해 보게"

히란야까가 답했다.

"찌뜨랑가는 물가로 가서 죽은 체 하게. 그리고 까마귀는 그 위에 앉아서 부리로 쪼게. 분명 포수는 사슴의 고기를 탐하여 거북이를 그냥 두고 빨리 그것을 잡으려 할걸세. 그러면 나는 거북이의 결박을 갉아서 끊겠네. 사냥꾼이 자네에게 접근하면 빨리 달아나게."

찌뜨랑가와 라그후빠따나까는 지시받은 대로 행동했고, 피로에 지쳐 물을 마시고 나무 밑에 앉아 있던 사냥꾼은 사슴의 죽은 모습을 보았다. 그러자 그는 반가와하며 작은 칼을 들고 그곳으로 향했다. 그 사이에 히란야까는 만타라의 결박을 이빨로 끊어주었고, 풀려난 거북이는 쏜살같이 못 속으로 들어갔다. 사슴은 사냥꾼이 다가오는 것을 보자 뛰어 달아났다. 사냥꾼이 나무 밑으로 돌아와 보니 거북이는 이미 그곳에 없었다. '아 —, 이건 나의 경솔한 행동의 결과이다.' 라고 사냥꾼은 생각했다.

> 211. 확실한 것을 두고 불확실한 것을 추구하는 자는 불확실한 것은 말할 것도 없고 확실한 것조차 잃어버린다.

사냥꾼은 자신의 경솔한 행위로 인한 실망을 안고 집으로 돌아갔으며, 재난으로부터 벗어난 만타라와 그의 친구들은 그들의 거처로 돌아가 행복하게 살았다.

스승 위슈누샤르마의 이야기가 끝나자 왕자들은 즐거워하며 말했다.
"우리는 모두 재미있게 들었습니다. 만족스럽습니다."
위슈누샤르마가 답했다.
"지금까지는 바라는 목표가 달성되었습니다. 한 마디만 더 말씀드리겠습니다."

> 212. 오 — 그대 착한 이여! 참된 친구를 얻을지며, 백성들은 풍요를 누리며, 왕은 그 의무에 충실하여 국토를 잘 보호할지며, 어진 지도자의 정책은 신혼 초의 아내처럼 그대 마음에 즐거움을 주며, 머리에 초생달을 가진 쉬와신은 사람들에게 은혜를 베풀기를!!

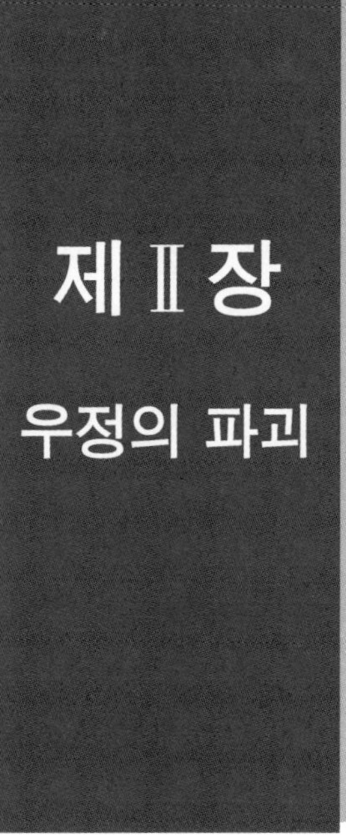

제 II 장
우정의 파괴

줄기 이야기: 사자 상지와까와 수소 삥갈라까의 우정이 두 마리 재칼 까라따까와 다마나까의 간계와 이간에 의해 깨어지다.

제1화: (재칼 까라따까)쓸데없는 일에 간섭함이 초래하는 화.

제2화: (재칼 까라따까)역시 남의 일에 간섭함으로써 일어나는 화.

제3화: (재칼 다마나까)하인은 주인이 그들의 필요를 느끼도록 만들어야 한다.

제4화: (재칼 다마나까)원인을 모르고 단지 겉으로 나타난 것만을 보고서 당황해서는 안 된다.

제5화: (재칼 다마나까)자기의 고통의 원인은 자신의 과오의 결과이다.

제6화: (재칼 다마나까)여성의 기지.

제7화: (재칼 다마나까)힘으로 불가능한 것은 지략으로 이룰 수 있다.

제8화: (제7화 속의 수까마귀)약자가 지략으로 강자를 물리치다.

제9화: (재칼 다마나까)권력의 위계와 자기의 분수.

제Ⅱ장 우정의 파괴

왕자들이 말했다.

"스승님, 앞에선 '우정의 획득'에 대해 들었으니, 이젠 '우정의 파괴'에 대해 듣고 싶습니다."

위슈누샤르마가 답했다.

"그러면 '우정의 파괴'에 대해 들어보십시오. 그 서시는 다음과 같습니다."

1. 숲 속에서 사자와 수소와의 깊어 가는 우정이 교활하고 탐욕
   스러운 재칼에 의해 깨어졌다.

왕자들이 '그것이 무슨 얘기입니까?'라고 묻자 위슈누샤르마가 다음과 같이 얘기했다.

　　남쪽 나라에 수와르나와띠라는 도시가 있었고, 그곳에 와르드하마나라는 상인이 살고 있었다. 그는 많은 재산을 갖고 있었으나 그의 친척 가운데 더 큰 부자가 있는 것을 보고 더욱 재산을 모아야겠다고 생각했다.

2. 아래로 아래로 내려다보아 그 누가 커지지 않겠는가? 위로 위로 쳐다보면 누구나 초라해진다.

3. 바라문을 죽인 자라도 부자이면 존경받고, 달과 같이 고귀한 가문에 태어나도 가난하면 멸시받는다.

4. 재물의 여신은 부지런하지 않고 게으르며, 운명을 믿고, 모험심이 없는 자를 포옹하려 하지 않으니, 마치 젊은 여인이 늙은 남편을 포옹하려 하지 않는 것과 같다.

5. 게으름, 여인의 시중들기, 병약함, 고향에 대한 집착, 만족, 겁약심은 위대함에 대한 여섯 가지 장애이다.

6. 적은 재물로써 부자가 되었다고 생각할 때, 그 의무를 다한 운명의 신은 그의 재물을 증가시켜 주지 않는다.

7. 여인은 의지와 활력과 용기가 없고, 적에게 즐거움만 주는 그런 아들을 낳아선 안 된다.

8. 얻지 못한 것은 얻으려고 욕망하며, 이미 얻은 것은 잃지 않
   도록 잘 지키며, 지킨 것은 더 늘려 가며, 늘린 것은 보람있게
   써야 한다.

 소유하지 못한 것을 얻으려는 욕망이 없다면 노력하지 않게 되고 따라
서 그것을 얻지 못한다. 얻은 것을 지키지 않는다면, 아무리 많은 재물이
라도 소모되어 버린다. 늘지않는 재물은 안약처럼 아껴 써도 시간이 지
남에 따라 없어져 버리고 향유하지 않은 재물은 쓸모 없는 것이다.

 9. 남에게 베풀지도 스스로 쓰지도 않는다면 돈이 무슨 소용 있
   으며, 적에게 타격을 가하지 않는다면 무력이 무슨 소용이며,
   다르마를 행하지 않는다면 경전의 지식이 무슨 소용이 있으
   며, 감관을 제어하지 않는다면 정신이 무슨 소용이 있는가?

10. 안약의 감소와 개미무덤의 증가를 보면서 하루하루를 자선
   과 베다의 학습 등 보람있는 일로 보내야 한다.

11. 물방울이 하나씩 모여 항아리 가득 채워지는 것처럼 지식과
   공덕, 재산에도 같은 원리가 적용된다.

12. 남에게 베풀지도 않고 스스로 누리지도 않고 하루를 보내는
   자는 대장간의 풀무처럼 숨을 쉴지라도 실은 살아 있는 것이
   아니다.

이와 같이 생각하고 그는 난다까와 상지와까라는 두 수소에 수레를 달
고 갖가지 상품을 가득 싣고서 까슈미르로 장사를 떠났다.

13. 힘센 사람에겐 큰 짐이 없으며, 부지런한 사람에겐 먼 거리
    가 없고, 많이 아는 사람에겐 외국이 없으며, 부드럽게 말하
    는 사람에겐 낯선 사람이 없다.

그런데 도중에 상지와까는 무릎을 다쳐 수두르가라는 커다란 숲 속에
떨어졌다. 그것을 보고 와르드하마나는 이같이 생각했다.

14. 세상사에 밝은 자는 백방으로 노력을 다해야 한다. 그러나
    그 결실은 하늘의 섭리가 그를 위해 맺어 주는 것이다.

15. 우유부단함은 모든 행위에 대한 장애이므로 기필코 버려야
    한다. 우유부단함을 버릴 때 바라는 대상에 대해 성공이 이
    루어진다.

그와 같이 생각하고 상지와까를 그곳에 남겨 두고, 와르드하마나는 다
르마뿌라라는 마을에 가서 다른 건장한 수소를 데려와 수레에 묶고 여행
을 계속했다. 그 후 상지와까도 세 발로 버티고 일어나게 되었다.

16. 바다에 빠지거나 높은 산에서 떨어지거나, 독오른 코브라에
    물릴지라도 타고난 수명에 의해 치명적인 급소만은 보호된다.

17. 타고난 수명이 있을 땐 수백의 화살에 맞아도 죽지 않으나, 천수가 다하면 꾸샤 풀잎의 날로도 죽게 된다.

18. 살 운명인 자는 비록 보호되지 않아도 살아나고, 죽을 운명인 자는 잘 보호해 주어도 죽게 된다. 살 사람은 사막에 내던져 져도 살아나고 죽을 자는 집안에서 잘 돌봐 주어도 죽는다.

그런데 날이 감에 따라 숲에서 맘대로 먹고 거닐며 돌아다니던 상지와까는 몸이 살찌고 윤기가 흘렀으며, 큰 소리로 울기도 했다. 그 숲엔 삥갈라까라는 사자가 살고 있었고, 그의 완력으로 획득한 권좌를 즐기고 있었다.

19. 대관식도 어떤 다른 의식도 행하지 않았지만 사자는 그의 용맹으로 왕국을 얻어 모든 동물의 군주가 되었다.

어느 날 사자는 갈증을 심하게 느껴, 물을 마시려고 야무나 강둑으로 내려갔다. 갑자기 전에 들어본 적이 없는 천둥 같은 소리가 들렸다. 깜짝 놀란 사자는 물도 마시지 않고 거처로 되돌아 와선 침묵을 지킨 채 '그것이 대체 무슨 소리인가?' 라고 곰곰이 생각했다.

그런데 그의 대신의 아들인 까라따까와 다마나까라는 두 재칼이 그 모습을 보고 다마나까가 까라따까에게 말했다.

"까라따까, 왜 우리 왕께서 목이 마르신데도 물을 마시지 않고 놀라서 멍청히 앉아 있는 걸까?"

까라따까가 답했다.

"여보게, 다마나까. 만일 그렇다면 우리는 더 이상 그에게 종속될 필요가 없네. 우리는 어떤 잘못도 없이 오랫동안 이 왕에게 무시당해 왔고 핍박만 받아 오지 않았나?"

20. 남의 시중으로 돈을 벌려는 하인이 무슨 꼴이 되는지를 보라. 그 바보들은 제 몸의 자유마저도 잃고 있다.

21. 남의 시중을 들며 겪는 추위, 바람, 더위 따위의 고통을 현자는 고행을 함으로써 기꺼이 감내한다.

22. 삶의 보람이란 독립된 삶을 사는 한에서만 있는 것. 만일 남에게 의존하는 사람도 살아 있다고 한다면 누구를 '죽은 자'라고 할 것인가?

23. 오너라, 가거라, 넘어져라, 일어나라, 말해라, 입다물어라 하면서 저 돈 가진 자들은 욕망의 손아귀에 사로잡힌 자들을 희롱한다.

24. 어리석은 자들은 창부와 같이 돈을 위해 겉치장을 하며 타인에게 스스로를 종속시킨다.

25. 본래 변덕스럽고, 또 불경한 자에게도 던져 주는 주인의 눈길조차도 하인들은 더없이 황송하게 여긴다.

26. 하인의 의무란 극히 어려워 요가행자조차 알지 못한다. 침묵
    을 지키면 바보라 하고, 말을 영리하게 하면 미쳤다, 수다쟁
    이다 라고 매도하며, 참으면 겁쟁이라 하고, 참지 못하면 태
    생이 천하다 하며, 주인 가까이 있으면 오만 불손하다 하고
    멀리 서 있으면 담대하지 못하다 한다.

27. 잘 보이기 위해 굽신거리고, 살기 위해 자신을 희생하며, 안락
    을 위해 수고를 쌓으니, 하인보다 더한 바보가 어디 있는가?

그러자 다마나까라 말했다.
"여보게, 마음 속으로라도 그런 생각을 가져선 안되네."

28. 흡족할 때면 언제든지 짧은 시간에 욕망을 만족시켜주니, 어
    찌 위대한 왕을 섬기지 않을 수 있겠는가?

29. 하인(혹은 신하)들이 없이 어떻게 그 머리 위에 짜마라(군주의
    표시)가 흔들거리며, 좋은 재료로 만든 흰 파라솔과 말, 코끼
    리, 그리고 병정들을 가진 대왕이 될 수 있겠는가?

까라따까가 말했다.
"우리가 이 일과 무슨 관계가 있는가? 관계없는 일에 간섭하는 것은
피해야 하네."

30. 상관없는 일에 간섭하는 자는 쐐기를 뽑은 원숭이처럼 그 생
    명을 잃는다.

다마나까가 '그것이 무슨 얘기인가?' 라고 묻자 까라따까가 다음과 같
은 얘기를 했다.

제1화: 원숭이와 쐐기

마가다국의 성스러운 숲 가까이에 작가 가문 태생의 수브하다따라는
사람이 수도원을 짓고 있었다. 목수가 대들보로 쓰려고 톱으로 양쪽으
로 반쯤 잘라 틈을 내고 그 사이에 쐐기를 박아 놓았다. 그 후 그곳으로
원숭이의 무리가 뛰놀면서 왔다. 원숭이 가운데 한 마리가 죽음의 신에
게 사로잡힌듯 쐐기를 두 손으로 잡고 그곳에 앉았다. 그러자 원숭이의
늘어진 고환이 나무의 갈라진 틈 사이로 들어갔다. 원숭이는 천성적인
장난기로 용을 쓰며 쐐기를 잡아 뽑았고, 쐐기가 빠지면서 고환이 터져
죽어 버렸다.

줄기 이야기의 계속...

(까라따까) " 그러므로 '상관없는 일에 간섭하는 자는 ….(30)' 이라고
말한 것일세."

다마나까가 말했다.

"그래도 하인은 주인을 돌봐야 하네."

까라따까가 답했다.

"모든 일을 맡고 있는 재상이 그것을 하도록 하세. 어떤 상황에서도 하인은 남의 일에 참견해선 안되네."

31. 커다란 울음소리 때문에 매를 맞은 당나귀처럼, 주인의 이익을 위해 남의 일에 간섭하는 자는 도리어 괴로움을 겪게 된다.

다마나까가 '그것은 또 무슨 이야기인가?' 라고 묻자 까라따까가 다음과 같은 이야기를 했다.

제2화: 도둑과 당나귀와 개

와라나시에 까르뿌라빠따까라는 세탁부가 살고 있었다. 어느 날 그는 젊은 아내와 오랜 시간 유희하다가 깊은 잠에 빠졌다. 그 후 도둑이 물건을 훔치려고 집안으로 들어왔다. 그의 뜨락엔 당나귀가 묶여 있었고, 개가 앉아 있었다. 그러자 당나귀가 개에게 말했다.

"여보게. 이건 자네 일인데 왜 크게 짖어서 주인을 깨우지 않는가?"

개가 대답했다.

"내 일에 참견 말게. 내가 밤낮없이 집을 지켰다는 것은 자네도 잘 알고 있지 않은가? 오랫동안 주인은 나 때문에 편안했으면서도 나의 가치를 전혀 모르고 있네. 게다가 요사이는 음식도 제대로 주지 않네. 위험이 닥치지 않는 한 주인은 하인을 돌보는데 인색한 법일세."

"이 못된 놈아. 들어 봐라"

32. 필요할 때 보답을 요구하는 그가 진정한 친구이며, 진정한 하인인가?

개가 답했다.

"필요할 때만 달콤하게 말하는 그가 진정한 주인인가?"

33. 하인을 배불리 먹이는 것, 주인에게 봉사하는 것, 다르마를 실행하는 것, 아들을 낳는 것은 남이 대신할 수 없다.

그러자 당나귀가 화가 나서 말했다.

"아 —, 못된 녀석. 위급할 때 주인의 일을 방관하다니. 좋을 대로 해봐라. 그렇다면 내가 주인 어른을 깨우겠다."

34. 햇볕은 등으로, 열은 위장(배)으로, 주인은 전심을 다하여, 그리고 내세는 청정한 마음으로 맞아야 한다.

이런 말과 함께 당나귀는 큰 소리로 울었다. 그러자 울음소리에 깨어난 세탁부는 단잠을 깨운 화풀이로 당나귀를 몽둥이로 때렸다.

(까라따까) "그러므로 '커다란 울음소리 때문에 ….(31)' 라고 말한 것일세"

"우리 일은 먹이감을 사냥하는 것이네. 그 일에나 관심을 쏟게. (잠시 생각한 후) 그러나 먹고 남은 음식이 많이 있기 때문에 오늘은 그럴 필요가 없을 것 같은데."

다마나까가 화가 나서 말했다.

"어찌 단지 먹을 것을 위해 왕에게 시중드는가?"

35. 동지에겐 이익을 주고 적에겐 손실을 주기 위해 왕을 보좌하는 것이다. 다만 배를 채우는 것이라면 누구인들 못하겠는가?

36. 그의 삶으로써 바라문과 친구와 일가들도 살 수 있는 그런 삶만이 보람있는 것이다. 누구인들 단지 자신만을 위해 못살겠는가?

37. 그가 삶으로써 많은 사람이 살 수 있는 그것이 진정한 삶이니, 까마귀도 그의 부리로 제 배는 채우지 않는가?

38. 어떤 자는 다섯 푼에도 신하가 되고자 하는가 하면, 어떤 자

는 십만 냥을 줘야 만족하고, 또 어떤 자는 십만 냥에도 신하
가 되고자 하지 않는다.

39. 인간은 모두 평등할진대 남에게 종속된 삶이란 경멸받기 마
련이다. 그런 신하 가운데서도 첫째가 못된다면 그를 살아
있는 자라고 할 수 있는가?

40. 말과 코끼리와 금속 사이의, 나무와 돌과 옷 사이의, 그리고
여성과 남성과 물 사이의 차이란 큰 것이다.

41. 개는 고기 한 점 없이 약간의 심줄과 기름만 붙어 있는 뼈다
귀를 얻고도 즐거워하나, 그 배고픔은 달래지 못한다. 그러
나 사자는 비록 재칼이 그 무릎에 와도 차 버리고 코끼리를
죽인다. 모든 사람은 곤궁에 빠질지라도 자신의 가치에 맞는
보상을 바란다.

"더욱이 시중 받는 자와 시중 드는 자의 차이를 보게."

42. 개는 먹이를 주는 사람 앞에서 꼬리를 흔들고 발 앞에 엎드
리며, 땅에 누워 입과 배를 드러낸다. 그러나 코끼리는 위엄
있게 바라보기만 하고 수백 마디 권하는 말을 듣고서야 먹는
다.

43. 삶을 아는 자는 다만 한 순간일지라도 영광스럽게 살며, 배
    움과 용기와 명예를 갖춘 삶이 진정한 삶이라고 부른다. 단
    지 목숨만 연장하는 것이라면 까마귀도 오래 살며 공물(供物)
    을 먹는다.

44. 자신의 아들이나 스승, 하인, 가난한 이웃, 혹은 친척들에게
    온정을 베풀 줄 모르는 그런 자의 삶이 이 세상에서 무슨 소
    용이 있는가? 까마귀도 오래 살고 공물을 먹는다.

45. 그의 지성이 선과 악을 분별할 능력이 없고, 성전 속의 한 구
    절도 지키지 않으며, 유일한 욕망이 배를 채우는 것이라면
    인간과 동물과 가축 사이에 차이가 무엇인가?

그러자 까라따까가 말했다.
"우린 종속된 몸일세. 왜 그런 일로 번거로워 하는가?"
다마나까가 답했다.
"능력에 따라서 신하가 지배자가 되기도 하고 종속자가 되기도 한다
네."

46. 이 세상에 아무도 본래부터 관대하거나 사랑받거나 사악한
    것은 아니다. 오직 자신의 행위가 그를 위대하게도 그 반대
    로도 이끈다.

47. 마치 돌을 산꼭대기로 올리는데는 많은 노력이 드나 굴러 떨
    어지는 것은 한 순간인 것처럼 영혼의 덕과 부덕도 그러하
    다.

48. 자신의 행위에 의해 우물 파는 사람처럼 더욱더 아래로 내려
    가기도 하고, 담쌓는 사람처럼 높이 올라가기도 한다.

"그러므로 사람의 지위는 자신의 노력에 달려 있네."
그러자 까라따까가 물었다.
"지금 무슨 뜻으로 그런 말을 하는가?"
다마나까가 답했다.
"우리의 왕이신 뼹갈라까는 뭔가에 크게 놀라서 돌아와 앉아 있네."
까라따까가 물었다.
"그 이유가 뭔지 알겠는가?"
다마나까가 답했다.
"알 수 없는 뭔가가 있네."

49. 말로 표현된 것은 동물도 이해할 수 있으니, 말이나 코끼리
    도 명령받으면 짐을 운반한다. 그러나 현명한 자는 비록 말
    을 하지 않아도 의미를 이해하니, 남의 의향을 아는 것이 지
    혜의 결실이다.

50. 내면의 생각은 그의 자태, 몸짓, 움직임, 말, 그리고 눈과 얼

굴의 변화로부터 드러난다.

"그러므로 그의 두려움을 기회로 삼아 나의 지혜의 힘으로 왕을 지배해 보겠네."

51. 때에 맞춰 어떻게 말해야 할지 알고, 선한 성품에 맞춰 남에게 기분좋게 대하며, 자기의 힘에 맞춰 화를 낼 줄 아는 그가 지혜로운 자이다.

까라따까가 말했다.
"여보게, 자넨 어떻게 시봉해야 하는지를 잘 모르네. 보게."

52. 부름을 받지 않았는데도 왕의 처소에 들어가며, 묻지 않았는데도 말이 많으며, 자신이 왕의 총애를 받고 있다고 착각하는 자는 실로 바보이다.

그러자 다마나까가 말했다.
"여보게, 어떻게 내가 시봉에 대해 모른다고 말할 수 있는가? 들어보게."

53. 본래부터 곱고 미운 것이 있는가? 좋아하는 것은 곱게 보이는 것이다.

54. 영리한 사람은 상대방의 마음 상태가 어떤 것이건 그에 따라
    줌으로써 상대를 빨리 제 편으로 만든다.

55. ‘누가 게 있는가?’ 라고 물으면 하인(신하)은 ‘예, 있습니다.
    분부만 내리십시요.’ 라고 답해야 한다. 그리고 최선을 다해
    왕의 명령을 수행해야 한다.

56. 욕심을 삼가고 참을성 있으며 영리하며 그림자처럼 주인을
    수행하고, 명령받을 땐 머뭇거리지 않는 자는 왕의 궁전에
    머무를 것이다.

까라따까가 말했다.
“아마도 왕께선 자네가 부적당한 시간에 들어가는 것을 나무랄지 모
르네.”
다마나까가 답했다.
“그럴지라도 시종은 반드시 주인과 함께 있어야 하네.”

57. 실수가 두려워 시작도 못하는 것은 겁쟁이의 특징이다. 형제
    여, 누가 체할 것이 두려워 음식을 먹지 않고 버리겠는가?

59. 왕이란 그가 무식하건, 천한 태생이건, 어울릴 가치가 있건
    없건 간에 우선 가까이 있는 자를 총애하니, 대체로 왕과 젊
    은 여인과 넝쿨은 가까이 있는 것에 달라붙는다.

까라따까가 물었다.

"거기 가서 무슨 말을 할 셈인가?

다마나까가 답했다.

"들어보게, 먼저 나는 주인께서 나에게 호의를 갖고 있는지 아닌지를
확인해 보겠네."

까라따까: "그걸 무엇으로 알 수 있단 말인가?"

다마나까: "들어보게."

59. 멀리서도 시선을 보내고, 미소를 보내고, 안부를 묻는 관심
    을 가지며, 없을 때도 칭찬해 주고, 아끼는 대상 가운데 하나
    로서 꼽으며,

60. 시중들지 않을 때도 애착하며, 부드러운 말을 해주며, 허물
    이 있을지라도 감싸주는 것, 이것들이 주인의 총애의 표시이
    다.

61. 시간을 지연시키는 것, 희망을 주지만 그 성취에는 실망을
    주는 것, 이것은 주인이 달가워하지 않는다는 표시이다.

"이 모든 것을 염두에 두고서 그가 나의 수중에 들어오도록 말하겠
네."

62. 예견된 장애와 그릇된 정책의 사용으로 초래된 실패와, 정당

하고 적절한 정책의 사용으로 초래된 성공에 대해 현자는 분명하게 보여주고 있다.

까라따까가 말했다.
"그럴지라도 적당한 기회가 올 때까지 말을 꺼내선 안되네."

63. 브르하스빠띠(신들의 스승) 조차도 때에 어긋나는 말을 하면 분별력 없는 자로 비난받으며, 씻을 수 없는 치욕을 당하게 된다.

다마나까가 말했다.
"여보게, 염려 말게. 때에 어긋나는 말은 하지 않겠네."

64. 주인의 이익을 진심으로 바라는 하인은 재난이 눈앞에 닥쳐 있을 때나, 주인이 빗나간 길로 가려 할 때나, 좋은 기회를 놓치려 할 때는 묻지 않더라도 충언을 해야 한다.

"기회가 왔을 때 충언을 하지 않는다면 나에겐 신하의 자격이 없는 것일세."

65. 덕 있는 자는 생계를 벌게 하고 세상에서 진실한 사람들이 칭찬하는 그런 덕을 유지하고 키워야 한다.

"그러므로 여보게, 허락해 주게. 나는 가려네."

까라따까가 말했다.

"자네의 앞길에 신의 가호가 있기를 비네. 자네가 원하는 대로 해보게."

그 후 다마나까는 삥갈라까의 거처로 찾아갔다. 삥갈라까 왕이 그를 거처로 맞아들이자 몸의 여덟 부분을 땅에 대고 절을 한 후 자리에 앉았다. 그러자 왕이 말했다.

"오래간만에 보는군."

다마나까가 답했다.

"소인은 한갓 신하로서 대왕님껜 하찮은 존재이지만, 그러나 때가 요구할 땐 신하는 반드시 가까이 있어야 한다고 생각하여 찾아오게 되었습니다."

66. 풀잎조차도 왕에게 이쑤시개나 귀후비개로 쓰일 수 있으니,
   하물며 입과 손을 가진 사람이랴 말해서 무엇하리.

"비록 폐하께선 제가 지혜를 잃어버린 것이 아닌가 의심하실지 모르지만 그렇지 않습니다."

67. 보석이 발 밑에 굴러다니고, 유리알이 머리 위에 장식된다
   할지라도, 유리는 유리고 보석은 보석이다.

68. 굳건한 사람은 아무리 핍박당해도 지성을 잃지 않으며, 타오

르는 불꽃은 비록 거꾸로 뒤집어도 결코 아래로 향하지 않는
다.

"폐하, 지도자는 선한 자와 악한 자의 차이를 구분해야 합니다."

69. 왕이 모든 사람을 구별 없이 다루면 유능한 자의 능력이 빛
을 발하지 못한다.

70. 사람은 능력에 따라 상, 중, 하의 세 종류가 있으니, 세 종류
의 능력에 따라 일을 맡겨야 한다.

71. 하인과 장신구는 합당한 곳에 놓여져야 한다. 머리의 장식보
석이 발에 달리거나 발 장신구가 머리에 놓여선 안 된다.

72. 황금 장신구에 맞는 보석이 놋쇠 위에 놓여졌다고, 그 보석
이 눈물흘리거나 빛을 내지 못하는 것은 아니다. 다만 부적
합한 곳에 보석을 놓은 세공인이 비난받을 뿐이다.

73. 만일 유리 조각이 왕관에 놓여 있고, 보석이 발 장신구에 놓
여 있다면, 비난받는 것은 보석이 아니라 보석 세공인이다.

74. '이 사람은 재능이 있고, 이 사람은 내게 충직스러우며, 이
사람은 용감하고, 이 사람은 위험하다' 라고 신하들의 차이를

잘 구별하는 왕은 신하들의 신망을 받는다.

75. 말(馬)과 무기와 경전과 악기와 말(言)과 남성과 여성은 어떤
자와 만나는가에 따라서 유용하기도 무용하기도 하다.

76. 헌신적이나 무능력한 신하가 무슨 쓸모 있으며, 유능하나 해
를 끼치는 신하가 무슨 소용이 있습니까? 그러므로 폐하, 헌
신적이면서도 유능한 저를 무시해서는 안됩니다

77. 신하는 왕에게 홀대받음으로써 아둔해지며, 그들이 지배적
이 되면 현명한 신하는 왕에게 접근할 수 없게 된다. 현자가
왕국을 방기할 때 좋은 정책은 시행되지 못하며, 정책이 실
패할 때 전 세상은 어쩔 수 없는 불행에 떨어진다.

78. 사람들은 언제나 왕에게 대접받는 사람을 존중한다. 왕에게
푸대접받는 사람은 모두에게 멸시받는다.

79. 현명한 사람은 어린아이의 말일지라도 바르면 받아들인다.
태양이 지면 등불을 이용하지 않던가?

뻥갈라까가 말했다.

"친애하는 다마나까여. 왜 그런 말을 하는가? 재상의 아들인 그대가
어떤 불한당의 말만 믿고 오랫동안 여길 오지 않았군. 이젠 하고 싶은 말

이 있으면 터놓고 해보게."

다마나까가 말했다.

"폐하. 한 가지 의문이 있습니다. 왜 폐하께서는 갈증이 나심에도 불구하고 물을 드시지도 않고 놀란 듯이 여기 서 계십니까?"

뼁갈라까가 답했다.

"잘 말했네. 그러나 이런 비밀을 털어놓을 수 있는 믿을 만한 신하가 없었네. 그대야말로 믿을 만하기에 말을 하겠네. 들어보게. 요사이 이 숲에는 전에 보지 못했던 무서운 짐승이 살고 있다네. 그러므로 우리들은 숲을 떠나야 하네. 그런 이유로 난 몹시 심상해 있네. 자네도 그 이상한 굉음을 들었을 걸세. 그 소리로 미루어 그 놈은 굉장히 힘이 셀 걸세."

다마나까가 말했다.

"폐하, 이것은 가히 두려워할 만한 사태입니다. 우리도 그 소리를 들었습니다. 그러나 처음엔 영토를 포기하고 나중에 전쟁을 권하는 자는 용렬한 대신입니다. 무엇을 해야 할지 모르는 이런 위기에서 신하의 가치가 알려집니다."

80. 친척과 아내와 신하의 힘과 지력과 역량은 역경이라는 시금석으로써 알려진다.

사자 왕이 말했다.

"여보게, 난 커다란 불안에 사로잡혀 있네."

다마나까는 속으로 '어떻게 당신이 왕국의 즐거움을 버리고 다른 곳으로 간다고 제게 말씀하실 수 있습니까?' 라고 생각하고는 크게 말했다.

"폐하, 제가 살아 있는 한 조금도 두려워하지 마십시오. 그리고 까라 따까를 비롯하여 다른 신하들을 격려해 주십시오. 재난을 극복하려 할 땐 단결하기가 어렵기 때문입니다."

그리하여 왕으로부터 온갖 은전을 받은 후에 다마나까와 까라따까는 위험을 막아내겠다는 다짐을 하고 떠났다. 도중에 까라따까가 다마나까 에게 말했다.

"여보게, 어떻게 두려움의 원인을 막을 수 있는지 없는지 확인도 하기 전에 그것을 막겠다고 약속부터 하고 더욱이 커다란 은전까지 받아들일 수 있는가? 남에게 좋은 일을 하기 전엔 보답을 받아들여선 안되네. 더 욱이 왕으로부터는."

> 81. 왕의 은혜에 부가 달려 있고, 왕의 용맹에 승리가, 그리고 왕
>   의 진노에 죽음이 달려 있다. 왜냐하면 그는 모든 권력의 근
>   원이기 때문이다.

다마나까가 미소지으며 말했다.

"여보게, 염려말게. 난 두려움의 원인을 알고 있네. 그건 수소의 울음 소리일세 . 수소는 우리의 밥도 될 수 있는데, 하물며 사자에게 무슨 문제 가 되겠나?"

까라따까라 말했다.

"그렇다면 왜 왕의 두려움을 그 앞에서 당장 없애드리지 않았는가?"

다마나까가 답했다.

"만약 왕의 두려움을 그곳에서 곧 해소시켜 드렸다면 어떻게 우리가 이 커다란 은전을 받을 수 있겠는가?"

83. 하인은 주인이 언제나 그들을 필요하도록 만들어야 한다. 주
인이 필요로부터 벗어날 때 하인은 다드히까르나와 같이 되
리라.

까라따가가 '그것이 무슨 이야기인가?' 라고 묻자 다마나까라 애기했
다.

제3화: 사자와 생쥐와 고양이

북쪽 지방에 있는 아르부다시카라라는 산에 마하위끄라마라는 사자
가 살고 있었다. 그가 굴 속에서 잠자고 있는데 생쥐 한 마리가 그의 머
리털을 갉았다. 자신의 머리털이 상한 것을 알고 성이 났지만 구멍 속에
들어간 생쥐를 잡을 수 없자 이런 생각을 하였다.

84. 상대가 하찮은 적이어서 용맹만으로는 이길 수 없을 때는 그
와 같은 수준의 적수를 내세워야 한다.

이렇게 생각하곤 마을에 가서 다드히까르나라는 고양이를 데려와서
신임을 산 후 그의 굴에 머물게 하였다. 그 후 생쥐는 고양이가 두려워
구멍 밖으로 나오지 못했고, 사자는 머리카락을 갉히지 않고 편안히 잘
수 있었다. 생쥐의 소리가 들릴 때마다 특별히 배려하여 고양이에게 고
기를 더 많이 주었다. 마침내 생쥐는 허기에 시달리다 못해 밖으로 나왔

다가 고양이에게 잡혀 먹혔다.

그 후 사자는 생쥐의 소리를 한 번도 들을 수 없었고, 그리하여 고양이가 필요없게 되자 먹이주기를 소홀히 하게 되었다. 먹이를 못먹어 쇠약해진 다드히까르나는 죽어 버렸다.

줄기 이야기의 계속…

(다마나까) "그러므로 '하인은 주인이 언제나 ….(83)' 라고 말한 것일세"

그 후 다마나까와 까라따까는 수소 상지와까에게 갔고, 까라따까는 나무 밑에 위엄을 빼고 앉았다. 그리고 다마나까는 상지와까에게 다가가 이같이 말했다.

"여 ─, 수소 선생. 이 까라따까 장군은 삥갈라까 왕께서 이 숲을 지키도록 임명한 분이오. 즉시 이리로 나오시든지 아니면 이 숲에서 멀리 사라져 버리시오. 그렇지 않으면 달갑지 않은 결과가 올 것이오. 대왕께서 진노하시면 무슨 일을 저지를지 모르오."

그러자 이 지역의 관습에 생소한 상지와까는 겁먹은 듯 앞으로 나와 까라따까에게 큰절을 올렸다.

85. '지력은 체력보다 더 우월하니 지력이 모자라기 때문에 코끼리의 신세가 이와 같구나.' 라고 코끼리 몰이꾼이 두드리는 북소리는 말한다.

그러자 상지와까는 겁이 나서 물었다.

"장군님, 어찌해야 좋겠습니까? 가르쳐 주십시오."

까라따까가 답했다.

"만일 당신이 이 숲에서 살고 싶다면 우리 왕의 연꽃과 같은 발에 머리를 조아려야 하오."

상지와까가 말했다.

"안전만 보장해 주신다면 가겠습니다. 오른손을 내밀어 서약을 표시해 주십시오."

까라따까가 말했다.

"아 −, 수소 선생. 염려놓으시오."

86. 께샤와는 그를 비방하는 쩨디의 왕에게 대꾸도 안하고 돌아왔으며, 사자는 재칼의 울음소리가 아니라 천둥소리에 응답하여 울부짖는다.[21]

87. 태풍은 부드럽고 겸손하게 머리 숙인 풀은 뿌리를 뽑지 않으나 교만하게 치솟은 나무는 황폐하게 만드니, 강자는 오직 강자에게만 그 용맹을 발휘한다.

그리하여 두 마리의 재칼은 상지와까를 멀찌감치 세워 두고 삥갈라까의 거처로 찾아갔다. 그들이 왕의 정중한 영접을 받고 절을 한 후 자리에 앉자 왕이 물었다.

---

21) 께샤와는 위슈누 신의 별명이며, 쩨디의 왕이란 쩨디국의 왕인 쉬슈빨라를 가리킴.

"그대들은 그 괴물을 찾아보았는가?"

다마나까가 답했다.

"폐하, 그렇습니다. 폐하의 추측은 꼭 맞았습니다. 그 자는 실로 거대한 몸집을 가지고 있는데, 폐하를 뵙고자 합니다. 힘이 센 자이므로 방어 자세를 단단히 갖춘 후에 그를 영접하십시오. 그리고 단지 목소리만 듣고 놀라시지 마십시오. 이런 말이 있기 때문입니다."

88. 원인을 모르고 단지 소리만 듣고 놀라서는 안되니, 창부가 소리의 원인을 밝힘으로써 영예를 얻었다.

'그것은 무슨 이야기인가?' 라고 왕이 묻자 다마나까는 다음과 같이 얘기했다.

제4화: 창부와 종소리

슈리빠르와따 언덕에 브라흐마뿌라라는 마을이 있었다. 그 산봉우리에 그한따까르나라는 악귀가 출몰한다는 소문이 떠돌았다. 그러던 어느 날 종을 갖고 달아나던 도둑이 호랑이에게 잡아먹혔다. 그가 손에서 떨어뜨린 종을 원숭이가 주웠고, 원숭이들은 그 종을 쉴새없이 흔들었다. 마을 주민들은 그 도둑이 호랑이에게 잡아먹힌 것을 알았다. 그런데 종소리는 계속 들려오니 마침내는 악귀 그한따까르나가 화가 나서 사람을 잡아먹고 종을 울린다는 소문이 퍼져 모든 주민이 마을에서 도망가기 시작했다.

그러자 까랄라라는 창부가 '종소리가 때에 맞지 않게 울려대니 혹시 원숭이가 장난치는 것일지 모른다' 라고 생각하고 그 사실을 스스로 확인했다. 그후 왕에게 이렇게 요청했다.

"폐하, 만일 얼마간의 상금을 주신다면 제가 이 그한따까르나를 처치하겠습니다."

임금님은 그녀에게 상금을 주었고, 창부는 제단을 만들고 가네쉬와 기타 신들에게 제사를 올렸다. 그리곤 원숭이가 좋아할 만한 열매를 가지고 숲 속에 들어가 그것을 바쳤다. 그러자 원숭이들은 종을 내던진 채 열매 주위로 모여들었다. 창부는 종을 가지고 마을로 돌아왔고, 모든 사람의 존경을 받게 되었다.

(다마나까) "그러므로 '원인을 모르고 단지 소리만으로 ….(88)' 라고 말한 것일세"

그 후 상지와까는 사자 왕을 친견하였고, 그곳에서 행복한 나날을 보냈다.

그런데 하루는 스땁드하까르나라는 사자의 형제가 그곳을 방문했다. 그를 친절히 맞아 자리에 앉게 한 후 삥갈라까는 대접할 음식을 위해 사냥을 가려 했다. 바로 그때 상지와까가 물었다.

"대왕님, 오늘 잡은 사슴 고기는 어디에 있습니까?"

왕이 말했다.

"다마나까와 까라따까가 알고 있겠지."

상지와까가 물었다.

"남은 것이 좀 있는지 알려 주십시오."

사자는 잠시 생각한 후 답했다.

"아무 것도 남아 있지 않네."

상지와까가 불었다.

"어떻게 그들이 그 많은 고기를 다 먹을 수 있습니까?"

왕이 대답했다.

"먹어 버렸거나 함부로 낭비해 버렸겠지. 그게 다반사라네."

상지와까가 말했다.

"폐하가 모르게 그럴 수 있습니까?"

왕이 대답했다.

"나도 모르게 그렇게 한다네."

상지와까가 말했다.

"그건 부당합니다. 이런 말이 있습니다."

89. 왕에게 닥친 재앙을 막기 위한 것 외에는 어떤 일도 알리지 않고 멋대로 해서는 안 된다.

90. 신하란 적게 새어나가게 하고 많이 담아 주는 바가지와 같다. 촌음을 아끼지 않는 자는 바보이고, 한 푼을 아끼지 않는 자는 가난을 면치 못한다.

91. 매일마다 한푼이라도 재산을 늘려가는 대신이 가장 훌륭한 대신이니, 왕의 생명은 그의 목숨 자체가 아니라 바로 재산이다.

92. 가정의 법도에 충실했다는 것만으로 남자가 대접을 받는 것은 아니다. 돈 없는 남자는 아내에게조차 버림받는다. 하물며 타인에게서야.

"그리고 다음과 같은 것이 나라의 경영에 있어 중대한 과오입니다."

93. 낭비, 감독의 소홀, 부정 축재, 횡령, 방관, 이들이 국고에 대한 해악이다.

94. 아무리 꾸베라와 같은 부자일지라도 수입을 고려하지 않고 무모하게 돈을 소비하면 빈곤에 떨어지고 만다.[22]

스땁드하까르나가 말했다.
"형님, 들어보십시요. 오랫동안 군사업무를 담당해 왔던 다마나까와 까라따까에게 재정을 감독하도록 위임해선 안됩니다. 인사행정에 관해 배운 바를 조금 말씀드려 보겠습니다."

95. 바라문과 *끄샤뜨리야*와 일가친척을 재무직에 임명해선 안된다. 바라문은 긴박한 상황에서도 돈을 지출하지 않는다.

---

22) 꾸베라: 북부를 관장하는 신으로 부와 재물의 신.

96. 재무에 임명된 *끄샤뜨리야*는 무력으로써 배신하기 쉽고, 일
    가는 친족관계를 악용하여 공금을 횡령한다.

97. 오랫동안 한 부서에 머물러 있는 공직자는 잘못을 저질러도
    두려워하지 않으며, 상관을 무시하고 멋대로 행동한다.

98. 유공자가 재무에 임명되면 자신의 범법에 개의치 않고, 의무
    를 소홀히 하여 모든 것을 횡령한다.

99. 죽마고우를 대신으로 임명하면 그는 스스로 왕의 행세를 하
    며, 친밀함을 구실로 언제나 왕을 무시한다.

100. 속과 겉이 다른 자는 모든 종류의 재앙을 초래하니, 샤꾸니
     와 샤까따라가 그 좋은 예이다.[23)

101. 모든 대신들은 권력이 커지면 마지막엔 배반할 수 있다.
     '풍요가 마음을 왜곡시킨다.' 는 것이 성인들의 가르침이
     다.

---

23) 샤꾸니: 『마하브하라따』에 등장하는 인물. 두르요드하나의 외삼촌으로서 겉으로
    는 까우라와(꾸루의 백 왕자)에게 호의적으로 행동하지만 그의 계략에 의해 까우라
    와는 패망하게 된다. 샤까따라: 난다왕의 대신으로서 짜나끼야와 더불어 그의 왕
    을 패망시킬 모의를 꾸민다.

102. 들어오는 재물을 잡지 못하는 것, 횡령, 꼬임에 잘 넘어감,
    무관심, 판단의 결여, 그릇된 견해, 사치벽, 이것이 대신들
    의 과오이다.

103. 관리가 부정하게 착복한 재산을 환수시킴, 관리의 업무를
    매일 감독함, 공에 따라 포상하기, 임무를 교대시킴, 이것이
    왕의 의무이다.

104. 관료란 힘껏 압박하지 않는 한 횡령한 국고금을 내놓지 않
    으니 꽉 짜지 않으면 고름을 토하지 않는 종기와 같다.

105. 왕은 부패한 관리에게 거듭 큰 벌금을 물려야 한다. 목욕에
    사용된 수건을 한 번만 짠다고 그 물이 다 빠지겠는가?

"이 모든 것을 기억하여 사태에 따라 응분의 조치를 취해야 합니다."
삥갈라까가 말했다.
"지당한 말이네. 그러나 저 둘은 나의 명령에 복종하지 않네."
스땁드하까르나가 말했다.
"그건 결코 옳지 않습니다."

106. 왕은 비록 자기의 아들일지라도 명령을 어길 땐 용서해선
    안 된다. 불복종을 방관한다면 왕과 그림 속의 왕이 무슨
    차이가 있는가?

107. 소극적인 사람의 명성, 변덕스러운 사람의 우정, 감관의 힘
     을 잃어버린 사람의 가정, 재물의 획득에만 몰두하는 사람
     의 의무감, 악에 물든 사람의 배움의 결과, 인색한 사람의
     행복, 부주의한 신하를 가진 왕의 권력, 이것들은 오래가지
     못한다.

108. 왕은 마치 아버지와 같이 도둑과 관리, 적, 그리고 총애하는
     대신과 자신의 탐욕으로부터 그의 백성을 보호해 주어야
     한다.

"형님, 부디 저의 충언이 실행되도록 하십시요. 곡식을 먹는 상지와까
를 재무로 임명하십시요."
그리하여 뻥갈라까와 상지와까는 다른 누구보다도 긴밀한 우정을 나
누며 시간을 보냈다. 그 후 신하들에게 음식을 주는 데도 소홀해진 것을
안 다마나까와 까라따까는 함께 논의했다.
다마나까가 까라따까에게 말했다.
"여보게, 어쩌면 좋은가? 이건 우리의 잘못일세. 그리고 스스로 저지
른 잘못에 대해 한탄하는 것은 옳지 않네."

109. 나는 스와르나레카를 만진 것 때문에, 창부는 스스로를 결
     박함으로써, 상인은 보석을 훔치고자 함으로써, 모두가 자
     신의 과오로 인해 고통받았다.

까라따까가 '그것은 무슨 이야기인가?' 라고 묻자 다마나까가 다음과
같이 이야기했다.

제5화: 깐다르빠께뚜의 모험과 소치기, 이발사, 상인

깐짜나뿌라 시에 위라위끄라마라는 왕이 살고 있었다. 그의 법정 관리
가 한 이발사를 집행장으로 끌고 가는데, 다른 한 수행승과 동행하던 수
도사 깐다르빠께뚜가 옷자락을 잡으며 이같이 말했다.

"이 이발사를 죽이면 안됩니다."

관리는 왜 죽이면 안 되는지 물었다. 그러나 그는 '들어 보시요' 라고
말하곤 '나는 스와르나레카를 만진 것 때문에 … .' 라고 읊었다. 그리곤
다음과 같은 얘기를 들려주었다.

(깐다르빠께뚜) 나는 세일론의 왕 지무따께뚜의 아들인 깐다르빠께뚜
이다. 어느 날 정원에 앉아서 쉬고 있는데 한 해상 무역상으로부터 '음
력 14일 밤에 바다 한 가운데 욕망을 성취시켜 주는 나무가 나타날 것이
며, 그 나무 아래서 갖가지 보석으로 장식된 화려한 소파에 앉아 비나를
연주하는 락슈미여신과 같은 처녀가 보일 것이다.' 라는 말을 들었다. 나
는 무역상과 함께 배를 타고 그 장소를 갔다. 가보니 과연 상인이 말한
바와 같이 소파에 반쯤 묻혀 있는 처녀가 보였다. 그녀의 아름다움에 매
혹되어 나는 물 속으로 뛰어들어 그녀를 따라갔다. 그후 황금의 도시에
도착하였고, 황금 궁전에서 위드흐야드하라(요정)들의 시중을 받으며 침
대에 앉아 있는 그녀를 보았다. 그녀 역시 멀리서 나를 보고는 친구를 보

냇고 친구는 정중하게 이같이 말했다.

"저 분은 위드흐야드하라(요정)의[24] 황제이신 깐다르빠껠리의 따님 라뜨나만쟈리입니다. 그녀는 '까나까빠따나에 와서 그것을 스스로 보는 남자가 있으면 아버님의 허락 없이도 그를 남편으로 맞겠다.' 라는 서원을 세웠습니다. 그것이 그녀의 결심입니다. 그러므로 당신은 그녀와 간다르와 형식의 결혼[25]을 해야 하겠습니다."

그리하여 간다르와 형태의 결혼식을 올린 후 나는 행복한 나날을 보냈다. 그러던 어느 날 그녀가 내게 조용히 말했다.

"여보, 당신은 여기 있는 모든 것을 마음껏 누리실 수 있습니다. 그러나 당신은 여기 그려진 스와르나레카라는 이름을 가진 이 요정만은 결코 만지지 마세요."

그러나 나의 호기심이 점차 커져 갔고, 마침내는 내 손으로 스와르나레카라는 그림의 요정을 만졌다. 그러자 그 그림 속의 연꽃같은 발이 나를 찼고, 나는 나의 왕국으로 날아와 떨어졌다. 그 후 절망에 빠진 나는 수도사가 되었고, 유랑하는 중에 이 도시에까지 오게 되었다.

여기서 어제 소치기의 집에 머물다가 이런 사건을 목격했다.

소치기가 그의 친구가 운영하는 주막에서 한잔하고 저녁 무렵 집에 돌아오니, 그의 아내가 이발사의 아내인 중신쟁이와 뭔가를 소근거리고 있었다. 그러자 그는 아내를 구타하고 기둥에 묶어 둔 채 잠들어 버렸다. 그 후 밤이 되어 이발사의 아내인 중신쟁이기 다시 소치기 아내에게로 와서 말했다.

____

24) 간다르바, 낌나라 따위와 같은 작은 신들의 일종.
25) 여러 가지 결혼 방식의 하나로서 여성이 남편을 선택하는 결혼.

"사랑의 신의 창에 맞은 그 신사는 자네와 헤어진 아픔 때문에 상사병에 걸려 있다우. 그런 꼴을 보고 가슴이 아파 자네를 설득시키려고 여기 왔네. 내가 여기서 대신 묶여 있겠으니 자네는 그곳에 가서 그의 원을 풀어 준 후에 빨리 돌아오게."

얼마 후 소치기가 깨어나 그녀에게 말했다.

"왜 넌 네 정부한테 안가는 거냐?"

아무 대답이 없자 '이젠 기세까지 올라서 대답조차 하지 않기야?' 라며 가위를 집어 그녀의 코를 베어 버렸다. 그리고 나서 소치기는 다시 누워 잠에 떨어졌다.

그 후 소치기의 아내가 돌아와 이발사 아내에게 무슨 일이냐고 물었다.

"이걸 보게, 내 얼굴을 보면 모르겠나?"

그리곤 소치기 아내가 기둥에 묶여 전처럼 서 있었고, 중신쟁이는 자신의 코를 주워 집에 돌아갔다.

다음 날 아침 이발사가 그녀에게 면도날 상자를 달라고 하자 그녀는 그에게 면도날 하나만을 주었다. 면도날 상자 전부를 주지 않는 것에 화가 난 이발사는 얼마간 떨어진 거리에서 집으로 면도날을 던졌다. 그러자 그의 아내는 고통의 비명을 지르며 '이유도 없이 그가 내 코를 베어 버렸다.'고 주장하며 법정으로 남편을 끌고 갔다.

한편 소치기로부터 추궁을 받은 소치기 아내는 이렇게 말했다.

"참 딱하시구려. 그토록 순결한 나를 누가 병신으로 만들 수 있겠수. 이 세계의 여덟 수호신만이 내가 얼마나 무구하다는 것을 알걸요."

110. 해와 달, 바람과 불, 하늘과 땅, 물, 마음, 야마(염라)신, 낮과

밤, 황혼과 다르마 신, 이들은 인간의 행위를 안다.[26]

"만일 내가 전혀 죄가 없다면, 그리고 당신 외에는 어떤 남자도 생각하지 않았다면, 내 얼굴의 상처가 치료될 겁니다."

소치기가 등불을 켜자마자 그녀의 얼굴을 보았고, 과연 거기엔 잘린 코가 원상태로 복구된 아내의 모습이 보였다. 그러자 그는 아내의 발에 엎드려 말했다.

"이처럼 순결한 아내를 가진 나야말로 축복받은 자로구나."

"자 – 이젠 여기 있는 상인의 이야기를 들어보시오."

그는 집을 떠난지 12년만에 말라야산에서 이 도시로 오게 되었고 어느 기생의 집에서 묵었다. 그 기생의 집 대문에는 귀신의 목상이 서 있었고, 그 머리 위에 굉장히 값비싼 보석이 박혀 있었다. 그것을 보자 욕심이 일어난 상인은 한밤에 일어나서 그 보석을 갖고자 시도했다. 그러자 쇠줄로 움직여지는 그 귀신의 팔이 그를 압박하였고, 그는 고통의 비명을 질렀다. 그러자 기생이 일어나서 말했다.

"이보세요! 당신은 말라야 산 근처에서 왔지요? 그러면 당신이 갖고 있는 모든 보석을 그에게 내놓아야 합니다. 그렇지 않으면 그가 당신을 풀어 주지 않을 거요"

그래서 이 상인은 그의 모든 보석을 내놓았다. 모든 재산을 잃고서 그

---

26) 야마: 죽은 자를 인도하는 신. 외래어가 된 염라대왕의 기원은 베다에 등장하는 야마 신이다.

도 우리 무리에 끼게 되었다.

　이 모든 이야기를 들은 후 왕의 신하는 심판을 하기 위해 법정으로 데려갔다. 이발사의 아내는 머리를 깎이고, 소치기의 아내는 마을로부터 추방되었으며, 기생은 벌금형에 처해졌고, 상인은 잃어버렸던 재산을 회수 받았고 이발사는 집으로 돌아갔다.

줄기 이야기의 계속…

　(다마나까) "그러므로 '나는 스와르나레카를 만진 것 때문에 ….(109)'라고 말한 것일세."
　"이것은 우리의 잘못일세. 이런 상황에서 한탄만 하고 있어 봤자 아무 소용이 없네. (잠시 생각한 후) 여보게 내가 이 둘의 우정을 맺어 준 것처럼 이간을 시켜 보겠네."

　111. 영리한 사람은 가짜도 진짜처럼 보이게 한다. 마치 화가가
　　　 평면에 입체의 사물을 나타내는 것과 같다.

　112. 새로운 사태에서도 기지를 발휘하는 사람은 곤란을 극복하
　　　 니, 마치 소치기의 아내가 그녀의 두 정부를 다루는 것과 같
　　　 다.

까라따까가 '그것은 또 무슨 이야기인가?' 라고 묻자 다마나까가 다음과 같이 얘기를 했다.

제6화: 소치기의 아내와 두 정부

드와라까에 살고 있는 어느 소치기의 아내는 품행이 방정치 않았다. 그녀는 경찰서장과 그의 아들을 동시에 만나고 있었다.

113. 불은 아무리 많은 땔감에도 만족하지 못하고, 바다는 강물에, 죽음의 신은 모든 생명에, 그리고 아름다운 여인은 많은 남성에도 만족하지 못한다.

114. 여인은 어떤 방법으로도 만족시키기 어려우니, 선물로도, 공경으로도, 시중으로도, 체벌로도, 종교적 교훈으로도 그 마음을 사로잡을 수 없다.

115. 여인네는 덕과 명성이 있으며, 상냥하고 돈 있는 젊은 남편을 버리고, 인격도 덕도 없는 딴 남성에게로 간다.

116. 그녀는 비록 아름다운 침대에 누워 있어도 정부와 함께 두르와 풀과 잡초를 뒤덮힌 땅에 누워있는 것만큼의 즐거움을 느끼지 못한다.

어느날 그녀가 서장의 아들과 밀애를 나누고 있는데, 서장 역시 그녀를 만나기 위해 그곳에 왔다. 그가 오고 있는 것을 보자, 그녀는 그의 아들을 헛간에 숨기고 그와 즐기기 시작했다. 그 후 소치기인 남편이 목장에서 돌아왔다. 그를 보자 그녀는 서장에게 이렇게 말했다.

"서장님, 몽둥이를 들고 화가 난 듯 빨리 나가세요."

그와 같이 연극을 하는 동안 소치기가 들어와서 그의 아내에게 무슨 이유로 서장이 여길 왔느냐고 물었다. 그러자 그녀가 이같이 답했다.

"무슨 이유인지 화가 잔뜩 난 서장이 그의 아들을 찾아다니고 있어요. 아들이 이곳에 쫓겨 왔길래 제가 헛간에 숨겨 보호해 줬지요. 그를 찾지 못한 아버지는 더욱 화가 나서 나가 버렸어요."

그 후 그녀는 헛간에서 그의 아들을 데려와 남편에게 보여 주었다.

117. 여성의 식성은 남성의 두 배이고, 기지는 네 배이며, 인내심은 여섯 배이고, 정욕은 여덟 배이다.

(다마나까) "그러므로 '새로운 사태에도 기지를 발휘하는 사람은 ….(112)' 이라고 말한 것일세."

까라따까라 말했다.

"그렇다고 치세. 그러나 유사한 성품 때문에 둘 사이에 자라나는 우정을 어떻게 분리시킬 수 있겠는가?"

다마나까가 말했다.

"계략을 꾸밉세."

118. 힘으로는 불가능한 것도 계략에 의해서는 가능하니, 까마
귀가 금목걸이로 검은 뱀을 죽이다.

까라따까가 '그것이 무슨 이야기인가?' 라고 묻자 다마나까가 다음과
같이 이야기하였다.

제7화: 까마귀와 금목걸이와 검은 뱀

한 쌍의 까마귀가 어떤 나무에서 살고 있었다. 그들의 어린 새끼들이
그 나무의 구멍 속에 살고 있는 검은 뱀에게 잡아 먹혔다. 그러자 다시
알을 밴 까마귀가 수까마귀에게 말했다.

"여보, 이 나무를 떠납시다. 저 검은 뱀이 여기서 사는 한 우리 새끼들
은 살아날 수 없어요."

119. 악처와 교활한 친구와 오만한 신하와 뱀이 서식하는 집에
사는 것은 영락없이 죽음을 뜻한다.

수까마귀가 대답했다.

"여보, 염려 말아요. 난 그의 커다란 죄를 여러 차례 용서해 왔지만

이젠 더 이상 참을 수 없소."

암까마귀가 물었다.

"어떻게 힘 센 검은 뱀과 겨룰 수 있어요?"

수까마귀가 답했다.

"그런 염려는 놓아요."

120. 지략을 가진 자에게 힘이 있으니, 지략 없는 자가 어찌 힘을
가질 수 있는가? 보라 ! 오만한 사자가 토끼에게 살해되는
것을.

"그것은 무슨 이야기인가요?"라고 암까마귀가 묻자 수까마귀가 다음
과 같이 이야기했다.

제8화: 사자와 토끼

만다라라는 산에 두르단따라는 사자가 살고 있었는데, 그는 언제나 많
은 짐승들을 죽였다. 그러자 모든 짐승들이 모여 사자에게 이런 제안을
하였다.

"동물의 왕이시여, 한 번에 많은 동물을 죽여야 합니까? 만일 좋으시
다면 우리가 자진하여 하루 한 마리의 동물을 대왕님의 식사로 올리겠습
니다."

그러자 사자는 '원한다면 그렇게 하라.' 고 답했다. 그래서 그 후론 그

에게 제공되는 동물을 하나씩 먹었다. 그러던 어느날은 늙은 토끼의 차례가 되었다. 그는 이렇게 생각했다.

'두려움의 원인에 간청하는 것은 생명을 구하려는 희망 때문이다. 아무런 희망도 없이 어차피 죽을 운명이라면, 왜 사자에게 굴종해야 하는가? 그렇다면 천천히 가자'

그러자 허기에 지친 사자가 성이 나서 토끼에게 물었다.

"왜 그대는 이렇게 늦게 왔는가?"

토끼가 대답했다.

"대왕님, 제 잘못이 아닙니다. 오는 길에 다른 사자에게 붙잡혔습니다. 그에게 다시 돌아오겠다는 서약을 하고서 폐하에게 알리고자 여기 왔습니다."

그러자 사자가 격분하여 말했다.

"당장 가서 그 고얀 놈을 보여 달라. 그 놈이 어디에 살고 있지?"

그러자 토끼는 사자를 데리고 가서 깊은 우물을 보여주며 이렇게 말했다.

"대왕님, 이리 오셔서 그 자의 모습을 보십시오."

이렇게 말하며 우물물에 비친 사자 자신의 오만한 모습을 보여 주었다. 그를 보는 순간 분노에 사로잡힌 사자는 몸을 날려 자신의 그림자에 달려들었고, 그리하여 우물에 빠져 죽었다.

(수까마귀) "그러므로 '지략을 가진 자에게 힘이 있으니 ….(120)' 라고 말했다오."

【제7화의 계속】

암까마귀가 말했다.

"잘 들었어요. 그러면 어떻게 해야 할지 알려 주세요."

수까마귀가 말했다.

"왕자님이 매일 가까이 있는 못에 와서 목욕을 한다오. 그때 시종이 그의 금목걸이를 벗겨서 돌계단 위에 놓아두는데, 당신이 그것을 부리로 물어다 이 나무 구멍 속에 집어넣어요."

그리하여 어느날 왕자가 목욕하러 물에 들어갔을 때 암까마귀가 지시 받은 대로 행했다. 그러자 시종들이 금목걸이를 찾아 따라갔고 나무 구 멍 속에서 검은 뱀을 발견하곤 그것을 죽였다.

줄기 이야기의 계속...

(다마나까) "그러므로 '힘으로 불가능한 것도 계략에 ···.(118)' 라고 말한 것일세"

까라따까가 말했다.

"정 그렇다면 해보게. 부디 성공하기를 바라네."

그 후 다마나까는 삥갈라까를 찾아가 절을 올린 후 말했다.

"대왕님, 커다란 재앙이 임박한 것을 감지하고 찾아 왔습니다."

121. 재난이 닥친 때, 바른 길에서 벗어날 때, 기회를 놓치려 할 때, 이런 때는 요구하지 않아도 충언을 주어야 한다.

122. 왕은 다만 나라를 대표할 뿐이며, 국정의 임무는 대신들이 하는 것이다. 그러므로 국정이 잘못될 땐 대신이 비난받아야 한다.

"이것이 대신의 본무입니다."

123. 왕의 지위를 찬탈하려고 대역죄를 범하려는 자를 방관하기보다는 스스로 목숨을 끊는 편이 낫다.

뻰갈라까가 부드럽게 물었다.
"그래, 지금 무슨 얘기를 하고 싶은가?"
다마나까가 대답했다.
"대왕님, 상지와까는 폐하에게 주제넘게 행동하는 듯합니다. 분명히 말씀드리자면, 그는 폐하의 세 가지 권력을 훼손하고, 왕권 자체를 노리고 있습니다."
그런 말을 듣자 뻰갈라까는 두려움과 놀라움에 가득 차서 가만히 서 있었다.
"대왕님, 모든 대신을 해임시키고 그를 국정의 수반에 앉히는 것은 잘못입니다."

124. 왕권의 여신은 힘이 있을 땐 양 발을 대신과 왕 모두에 걸치
     고 있으나, 여성의 천성 때문에 더 이상 짐을 질 수 없을 때
     는 둘 중의 하나를 포기한다.

125. 왕이 한 대신에게 왕국의 전권을 맡기면, 미혹으로 인한 허
     영심이 그를 사로잡으며, 허영으로 인한 오만함 때문에 왕
     과 소원해진다. 일단 왕과 멀어지면 독립에 대한 욕망이 일
     어나며, 마침내는 왕을 죽이려는 반역행위도 감행하게 된
     다.

126. 독이 섞인 밥, 썩은 이빨, 반역자로 바뀐 대신, 이들은 완전
     히 제거해야 평안이 온다.

127. 국고를 대신의 손에 맡겨 버린 왕은 그 대신이 갑자기 재앙
     에 처했을 때 마치 안내자를 잃은 맹인처럼 곤란을 겪게 된
     다.

"그는 모든 일을 멋대로 처리하고 있습니다. 이런 상황에선 폐하께서
권위를 회복해야 합니다."

128. 이 세상에서 재물을 탐내지 않는 사람이 없으며, 남의 젊고
     매력적인 아내를 탐나는 눈으로 바라보지 않는 사람이 없
     다.

사자는 생각에 잠기며 말했다.

"다마나까, 비록 그렇다 해도 상지와까에 대한 나의 애정은 여전하네."

129. 비록 과오를 범해도 귀여운 사람은 역시 귀엽다. 갖은 병에 감염되어 있다고 해서 누가 신체를 싫어하겠는가?

130. 비록 미운 짓을 해도 이쁜 사람은 여전히 이쁘다. 불이 집과 재산을 모두 태워버렸다고 해서 누가 불을 멀리 하겠는가?

다마나까가 말했다.
"폐하, 바로 그것이 잘못입니다."

131. 왕의 시선이 자주 머무는 그에겐 그가 아들이든, 대신이든, 이방인이든 행운의 여신이 찾아간다.

132. 정당한 것은 비록 일시적으로 괴로워도 그 결과는 좋다. 번영은 바른 말을 하고 듣는 자가 있는 곳을 좋아한다.

"폐하께선 옛 신하를 버리고 낯선 자를 승진시켰으나, 이것은 그릇된 처사입니다."

133. 옛 신하를 버리고 이방인을 우대해선 안되니, 이보다 왕권

에 해가 되는 과오는 없다.

사자가 말했다.

"믿을 수 없군. 그는 안전을 보장한다고 서약해서 여기 데려왔고, 또 잘 보호해줘 왔는데, 나를 배반할 수 있는가?"

다마나까가 말했다.

"폐하 —"

134. 간악한 자는 아무리 잘 해줘도 그 본성으로 돌아가니, 본래 꼬부라진 개의 꼬리를 증기로 찜질하고 다리미로 문질러도 다시 구부러지는 것과 같다.

135. 개의 꼬리는 십이 년 동안을 찜질하고 문지르고 실로 묶어 줘도 풀어 주면 다시 본래대로 되돌아간다.

136. 승진과 영예를 수여해도 간악한 자를 만족시킬 수 없으니, 독나무는 감로수를 뿌려도 유익한 열매를 맺어 주지 않는다.

137. 그의 파멸을 원하지 않는 사람은 요청받지 않아도 그에게 유익한 말을 해야 한다. 그것이 의인의 도리이며, 그 반대는 악인의 태도이다.

138. 악에서 보호해 주는 것이 진정한 사랑이며, 청정한 행위가
진정한 까르마(행위)이며, 순종하는 그녀가 진정한 아내이
고, 의인에게 존경받는 자가 지혜로운 자이며, 허세를 부리
지 않음이 참다운 부이고, 욕망으로부터 자유로운 사람이
행복한 자이며, 꾸밈없는 사람이 진정한 친구이고, 감관을
잘 통제하는 자가 진정한 남자이다.

"만일 폐하께서 상지와까에게 긴박한 위협을 받고 계시다는 경고를
받고도 그에게 등을 돌리지 않으신다면 잘못은 저와 같은 신하에게 있는
것이 아닙니다."

139. 애욕에 빠진 왕은 의무와 이익을 망각하고 마치 발정난 코
끼리처럼 멋대로 행동한다. 오만으로 잔뜩 부풀어 마침내
슬픔의 심연에 떨어지면, 자신의 어리석은 행동은 생각지
않고 신하를 비난한다.

그러자 삥갈라까는 속으로 이같이 생각했다.

140. 남의 험담만 듣고 그 사람을 벌해선 안되니, 먼저 스스로 진
실을 확인한 후에 상벌을 결정해야 한다.

141. 공덕이나 과실을 확인하지 않고 상이나 벌을 주는 것은 만용
으로 뱀의 입에 손을 집어넣는 것과 같이 파멸을 초래한다.

삥갈라까가 큰 소리로 말했다.

"그렇다면 상지와까에게 경고를 해야 할까?"

다마나까가 황급히 말했다.

"그래선 안됩니다, 폐하. 그러면 우리들의 기밀이 새어나갑니다."

142. 모의의 씨앗은 단 한 톨이라도 새어나가지 않도록 감추어
져야 하니, 일단 새어 나가면 결실을 맺지 못한다.

143. 취할 것, 줄 것, 행할 것을 빨리 결단하지 않으면 시간이 그
즙액을 빨아먹어 버린다.

"그러므로 일단 발을 내디뎠으면 반드시 최선의 노력으로 끝을 맺어
야 합니다."

144. 모의는 겁 많은 군인과 같아서 비록 온몸을 갑옷으로 가렸
어도 적의 공격이 두려워 오래 버티지 못한다.

"상지와까의 죄과가 밝혀진 이상, 그가 잘못을 뉘우쳤다고 해서 다시
화해하는 것은 극히 어리석은 짓입니다."

145. 일단 배반한 친구와 다시 화해하는 자는 죽음을 자초하게
된다.

사자가 말했다.

"먼저 그가 무슨 해를 우리에게 끼칠 수 있는지 확인해 보세."

다마나까가 답했다.

"폐하 —"

146. 주종의 관계를 확인하지 않는 한 어떻게 그 힘을 확인할 수 있는가? 하찮은 물새가 바다를 지배한 것을 보라.

사자가 '그것이 무슨 이야기인가?' 라고 묻자 다마나까가 다음 이야기를 했다.

제9화: 물새와 바다

남쪽 바닷가에 한 쌍의 물새가 살고 있었다. 출산날이 가까워지자 암새가 숫새에게 말했다.

"여보, 해산에 적합한 장소를 찾아 줘요."

숫새가 답했다.

"바로 이곳이 해산에 적합해요."

암새가 말했다.

"이곳은 조수에 모든 것이 씻겨 버려요."

숫새가 답했다.

"뭐라구? 내가 내 집에서 사는데 그런 나를 바다가 모욕할 만큼 내가 무기력하다구?"

그러자 암새가 웃으며 말했다.

"여보, 바다와 당신은 크기부터 너무 차이가 나요."

147. 어떤 일을 할 수 있는지 없는지 자신의 능력을 올바로 알기
란 어려우니, 그런 지식을 가진 사람은 역경 속에서도 곤란
을 겪지 않는다.

148. 부적합한 일을 시작함, 자신의 친척에게 등을 돌리는 것, 자
기보다 더 강한 자에게 대적하는 것, 젊은 여자를 믿는 것,
이 네 가지는 죽음의 문이다.

그리하여 남편의 충고에 따라 암새는 그곳에 알을 낳았다. 이 모든 대
화를 듣고 바다는 그들의 힘을 시험하고자 알을 씻어가 버렸다. 그러자
비탄에 잠긴 암새가 숫새에게 말했다.

"여보, 드디어 재앙이 닥쳤어요. 우리 알들이 다 없어졌어요."

숫새가 대답했다.

"염려말아요. 여보."

이렇게 말하곤 새들의 회의를 소집하여, 새의 왕인 가루다의[27] 궁으로
찾아갔다. 그곳에 도착하자 물새는 사건의 경과를 가루다에게 말했다.

"대왕님, 내 집에 머물고 있는 저를 아무 잘못도 없이 바다가 해쳤습니
다."

---

27) 신화 속의 거대한 새의 이름으로서, 모든 날개 가진 동물의 왕이다.

줄기 이야기의 계속...

　　(다마나까) "그러므로 '주종의 관계를 확인하지 않는 한 ….(146)' 이라고 말씀드린 것입니다."

　　사자가 말했다.

　　"상지와까가 내게 반역의 뜻을 품고 있는지 아닌지를 어떻게 알 수 있는가?"

　　다마나까가 대답했다.

　　"그 자가 기세 등등해서 그의 뿔 끝으로 칠 자세를 취하고 접근해 오면 그것을 알 수 있습니다."

　　이같이 말하고 재칼은 상지와까에게로 갔다. 그곳에 도착하자 놀란 모습을 보이며 점잖게 다가갔다. 상지와까는 애정어린 관심을 갖고 물었다.

　　"여보게, 잘 지내고 있나?"

　　다마나까가 대답했다.

　　"신하에게 무슨 즐거움이 있겠는가?"

---

28) 위슈누 신의 이명.

149. 왕권에 봉사하는 사람의 부는 타자의 힘에 메인 것이니, 그
들의 마음은 언제나 불안하고, 그들의 생존조차 확실성이
없다.

150. 부를 얻은 자로서 교만하게 되지 않는 자가 누구인가? 어느
감각주의자의 고통에 끝이 있던가? 어느 누구의 마음이 여
인에게 상처받지 않은 적이 있던가? 진정 왕의 총애를 받는
자가 누구인가? 죽음의 신의 손아귀에 떨어지지 않는 자가
누구인가? 어느 구걸자가 존경을 받는가? 간악한 자의 올가
미에 걸린 자로서 누구 무사히 탈출했던가?

상지와까가 말했다.
"친구여, 그게 무슨 뜻인가?"
다마나까가 답했다.
"딱한 친구여. 뭐라고 말해야 할지."

151. 바다에 빠져 뱀에 의지한 사람이 그 뱀을 놓아 버릴 수도,
꽉 붙잡을 수도 없듯이 나는 지금 어찌할 바를 모르겠다.

152. 한편을 택하면 왕에 대한 충성을 배반하게 되고, 다른 편을
택하면 친구가 파멸하니, 곤궁의 바다에 빠진 나는 무엇을
해야 하며, 어디로 갈 것인가?

이런 말과 함께 깊은 한숨을 쉬며 앉았다. 상지와까가 말했다.

"여보게, 속마음을 자세히 말해 보게."

다마나까는 매우 은밀한 티를 내며 말했다.

"왕의 기밀을 누설해선 안되지만, 자네가 우리를 신뢰하여 여기에 온 만큼 자네에게 도움이 되는 말을 하고 싶네. 잘 들어보게. 우리의 왕은 자네에 대해 뭔가 곡해하여 내게 은밀히 상지와까를 죽여 부하들을 대접하겠노라고 말했네."

이런 말을 듣자 상지와까는 깊은 비애에 빠졌다. 그러자 다마나까가 다시 말했다.

"슬픔을 털어 버리고 상황에 대처하게."

상지와까는 잠시 생각한 후에 말했다.

"정말 잘 말해주었네."

153. 여인은 악한을 연인으로 구하며, 왕은 그럴 자격이 없는 사
　　　람에게 은전을 베풀고, 부는 수전노를 찾으며, 비의 신은 산
　　　과 바다에 비를 뿌린다.

상지와까는 속으로 생각했다.

'그의 거동만으로는 이것이 그의 간계인지 아닌지를 결정지을 수 없구나.'

154. 악인도 훌륭한 주인 때문에 빛을 발하니, 마치 젊은 여인이
　　　눈에 넣은 더러운(검은) 눈약과 같다.

얼마간 생각한 후 그가 말했다.
"아 — 무슨 일이 일어나려고 하는 걸까?"

155. 열심히 받들어도 왕은 그다지 만족하지 않는다는 것은 놀
    랄 일이 아니다. 그러나 충성을 받던 자가 적으로 돌변한다
    는 것은 좀 이상스런 일이다.

"그러므로 이건 이해하기 어려운 일이다."

156. 어떤 이유 때문에 불쾌해 하는 자는 그 원인을 제거함으로
    써 즐겁게 된다. 그러나 이유없이 적개심을 품고 있는 그를
    어떻게 즐겁게 할 수 있단 말인가?

"내가 왕에게 무슨 잘못이라도 저질렀단 말인가? 아니면 왕이란 어떤
이유도 없이 해를 끼치는 버릇이 있는가?"
다마나까가 말했다.
"그건 바로 이렇다네. 들어보게나."

157. 학식 있고 자애로운 사람의 친절한 행위가 미움을 받는가
    하면, 실제로 해를 끼친 자가 좋게 여겨진다. 변덕스러운
    왕의 마음은 이해하기 어렵기에 신하의 의무는 극히 어렵
    고, 신통력을 지닌 요가 수행자조차 이해하지 못한다.

158. 사악한 자에겐 백 번의 은혜를 베풀어도 헛되며, 어리석은
     자에겐 백 번의 좋은 말도 헛된 것이다. 실행하지 않는 자
     에겐 백 마디의 충고가, 몰지각한 자에겐 백 번의 설득이 모
     두 허사이다.

159. 전단향 나무엔 뱀이 서식하고, 연꽃은 악어 떼들이 있는 물
     속에서 자라며, 즐거운 때엔 흥을 깨는 자가 있으니, 좋은
     일엔 마가 끼기 마련.

160. 뿌리엔 뱀이, 꽃엔 검은 벌이, 가지엔 원숭이가, 꼭대기엔
     곰이 붙어 있으니, 잔인하고 흉악한 동물이 거주하지 않고
     전단향만이 있을 수는 없다.

  "우리 왕으로 말하자면 내가 아는 한 말은 달콤하나 가슴엔 독을 품고
있다네."

161. 멀리서 손을 쳐들고, 눈엔 기쁨의 눈물을 적시며, 자기 자리
     를 반쯤 내주고, 친밀한 듯 포옹하려 하며, 친지들의 안부를
     묻고 담소를 나누지만, 속엔 독을 품고, 겉으로만 다정한 체
     한다. 기만술에 정통해 있으니, 실로 간악한 자가 배운 전
     대미문의 연극적 기교로구나 !

162. 배는 바다를 건너가기 위해 있고, 램프는 어둠의 접근을 막

기 위해 있으며, 부채는 바람이 없을 때 필요하고, 창은 발정으로 난폭해진 코끼리를 제어하기 위해 있다. 그러므로 이 세상엔 창조주에 의해 그 대책이 마련되지 않는 것은 아무 것도 없다. 그러나 간악한 자의 마음은 조물주조차 어쩌지 못한다.

상지와까는 깊은 탄식을 발하며 말했다.
"아 ― 비통하구나 ! 곡식만 먹는 내가 사자에게 쓰러져야 하다니."

163. 재력이 비슷하고 권력이 비슷한 둘 사이의 싸움은 이해가 되나, 최상과 최하 사이의 싸움이 무슨 의미가 있는가?

"누가 왕의 마음에 나에 대한 적개심을 심어 놓았는지 모르나, 일단 왕의 마음이 떠난 이상 항상 경계해야 한다."

164. 왕의 마음이 일단 대신으로부터 떠나면, 아무 것도 그것을 끊어진 수정팔찌처럼 재결합시킬 수 없다.

165. 세상에서 극히 두려운 것이 있다면 벼락과 왕권이다. 그런데 전자는 한 곳에만 떨어지나 후자는 그 영향을 두루 미친다.

"그러므로 싸우다 죽을 각오를 해야 한다. 이젠 그의 명령에 복종만

할 수는 없다."

166. 싸움에서 죽으면 그는 하늘에 태어나고, 만일 적을 죽이면
행복을 얻으니, 용자가 갖는 이 두 가지 이득은 매우 희귀한
것이다.

"지금이 바로 싸울 때로구나."

167. 싸우지 않으면 죽음이 확실하고, 싸우면 살 가능성이 있을
때, 현자는 싸울 때라고 결단한다.

168. 싸우지 않고는 아무런 이득이 보이지 않을 땐 현자는 차라
리 적과 싸우다 죽기를 택한다.

169. 승리하면 번영을 얻고, 만일 죽으면 천녀를 얻는다. 육체란
순식간에 소멸하는 것이니, 싸움에서 죽는 것을 왜 주저하
는가?

이와 같이 생각한 후 상지와까는 말했다.
"친구여, 왕께서 날 죽이려고 하는 것을 어떻게 알 수 있겠나."
다마나까가 답했다.
"그가 꼬리를 세우고, 앞 발을 올리고, 입을 크게 벌리고 당신을 쳐다
보면 자네도 힘을 과시해야 하네."

170. 힘은 있으나 기백(불꽃에 비유)이 없는 사람을 누가 경멸하지
     않으랴. 보라, 사람들은 다 타버린 잿더미 위에 아무 두려
     움 없이 발을 올려놓는다.

"그러나 이 모든 것은 극비리에 수행되어야 하네. 그렇지 않으면 자네
와 나는 끝장일세."
이렇게 말하고는 다마나까는 까라따까에게로 갔다.

"결과가 어떤가?"
다마나까가 대답했다.
"계획대로 서로 이간시켜 놓았네."
까라따까가 말했다.
"여지가 있겠나."

171. 사악한 자에게 그 누가 친구이며, 끈덕지게 강요하는데 누
     가 화내지 않겠는가? 재물 때문에 거만해지지 않는 자가
     누구이며, 악행을 저지르는데 영리하지 않은 자가 누구인
     가?

172. 재력가는 자신의 영달을 위해 간교한 자에 의해 악으로 인
     도되니, 악인과의 사귐은 불처럼 어떤 재앙이건 저지른다.

그 후 다마나까가 삥갈라까를 찾아가 이렇게 말했다.

"폐하, 지금 그 악한이 오고 있습니다. 준비하고 기다리십시오."

재칼은 사자가 전에 말한 대로 자세를 취하도록 하였다. 상지와까도 그곳에 도착하자 공격적인 자세로 바뀐 사자를 보고는 공격적 자세로 힘을 과시했다. 그 후 벌어진 치열한 싸움 끝에 상지와까는 사자에게 살해되었다.

자기의 부하인 상지와까를 죽인 사자는 휴식을 취하면서 슬픔에 잠겨서 말했다.

"이 무슨 잔인한 짓을 저질렀는가?"

173. 왕이 자신의 다르마를 소홀히 할 때 왕국은 남의 손에 넘어가고 자신은 죄인이 되니, 마치 코끼리를 죽인 사자와 같다.

174. 영토의 일부를 잃는 것과 덕과 지략을 겸비한 신하를 잃는 것, 둘 중에 후자는 왕의 종말을 뜻하니, 잃어버린 영토는 회복할 수 있어도 좋은 신하는 그렇지 않다.

다마나까가 말했다.

"대왕님, 적을 죽이고서 그것을 슬퍼하시다니 얼마나 기이한 행동입니까?"

175. 왕은 자신의 번영을 바란다면, 아버지든 형제든 친구이든 아들이든 자신의 목숨을 노리는 자는 처치해 버려야 한다.

176. 의무(다르마)와 재물(아르타), 쾌락(까마)의 본성을 아는 자는
     오직 자애롭기만 해선 안되니, 너그럽기만 한 사람은 손바
     닥 위의 물건도 차지할 수 없다.

177. 친구건 적이건 평등하게 용서하는 것은 수도자의 경우엔
     빛나는 것이지만, 왕이 범법자를 똑같이 용서할 땐 과오가
     된다.

178. 왕권에 대한 탐욕이나 오만 때문에 반역을 행한 자에게 유
     일한 속죄의 길은 죽음 외에는 없다.

179. 자애로운 왕, 아무 것이나 먹는 바라문, 순종하지 않는 아
     내, 사악한 친구, 명령을 거역하는 신하, 부주의한 관리, 배
     은망덕한 자, 이들은 버려져야 한다.

180. 진실하면서도 필요할 땐 거짓을 사용하며, 때로는 거칠게
     때로는 부드럽게 말하며, 잔혹하면서도 때로는 자비로우
     며, 때로는 인색하고 때로는 너그러우며, 항상 소비하지만
     많은 돈과 보석이 들어오니 정치술은 창부와 같이 다양한
     모습을 갖는다.

이와 같이 다마나까의 위로를 받은 삥갈라까는 원래의 평온을 회복하
고 왕좌에 앉았다. 다마나까는 기뻐서 외쳤다.

"대왕님 만세 ! 만수무강하십시오 ! "
그리하여 그는 원하는대로 행복하게 살았다.

위슈누샤르마가 말했다.
"이상으로 왕자님들은 '우정의 파괴' 라는 이야기를 들었습니다."
왕자들이 답했다.
"네, 스승님 덕분에 즐거웠습니다."
위슈누샤르마가 말했다.
"마지막으로 하나만 보태어 말씀드리지요."

181. '우정의 파괴' 가 그대의 적의 집에 있게 하며, 간악한 자들
은 죽음의 신에게 잡혀 나날이 파멸되어 가기를 ! 백성들
은 온갖 번영과 행복을 누리며, 젊은이들은 항상 즐거운 이
야기 동산에서 뛰놀기를 !

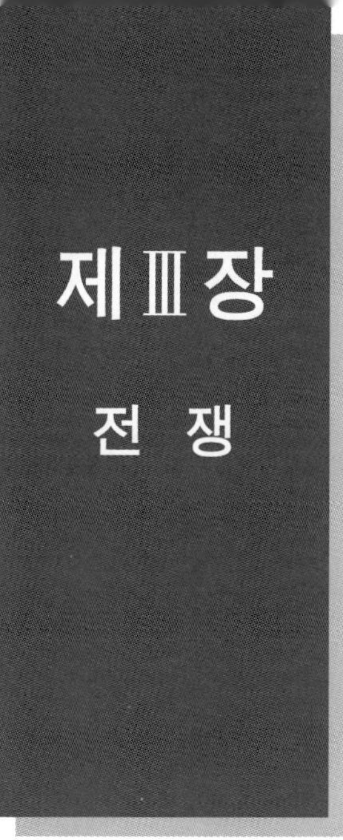

줄기 이야기: 백조왕 히란야가르브하와 공작왕 찌뜨라와르나의 전쟁에서 백조왕이 까마귀 메그하와르나의 배신으로 패하다.

제1화: (줄기 이야기 속의 두루미 디르그하무카)아무에게나 충고를 줌으로써 입는 화.

제2화: (백조왕)나와 적의 강점과 약점을 잘 파악하지 않으면 적에게 능멸당한다.

제3화: (공작왕의 부하 새)힘없는 자일지라도 힘있는 자 가까이 있으면 그 덕을 입는다.

제4화: (공작왕의 사신 앵무새)악한 자와 사귐으로써 당하는 재앙.

제5화: (앵무새)위와 같은 주제.

제6화: (앵무새)달콤한 아첨의 말에 넘어가선 안된다.

제7화: (백조왕의 재상 짜끄라와까)동지와 적을 구분하지 못하고 적 편에 설 때 초래되는 화.

제8화: (백조왕)왕의 신하에 대한 신뢰와 신하의 왕에 대한 충성심.

제9화: (백조왕의 재상 짜끄라와까)남이 노력으로 얻은 부를 단지 탐욕심으로 뒤쫓는 자의 말로.

제Ⅲ장 전 쟁

다시 이야기를 시작하려 하자 왕자들이 말했다.

"스승님, 저희들은 왕자입니다. 그러므로 이젠 '전쟁' 에 관한 이야기를 듣고 싶습니다."

위슈누샤르마가 답했다.

"왕자님들께서 원하는 대로 이야기를 하겠습니다. 그러면 '전쟁' 에 관한 이야기를 들어 보십시오."

1. 서로 비슷한 무력을 가진 백조와 공작떼의 싸움에서, 백조는
   신임했던 까마귀에 기만당했다.

왕자들이 물었다.

"그것이 무슨 이야기입니까?"

위슈누샤르마는 다음과 같이 이야기했다.

까르뿌라드위빠에 빠드마껠리라는 호수가 있었는데, 그곳엔 히란야 가르브하라는 백조왕이 살고 있었다. 그는 물에 사는 모든 새들의 모임에서 그들의 왕으로 추대되었다.

2. 올바로 이끌어주는 왕(지도자)이 없다면 백성들은 마치 조타수(操舵手)없는 배처럼 망망대해에서 표류한다.

3. 왕은 백성을 보호하고, 백성은 왕을 부유하게 만든다. 그러나 보호가 재물보다 더 중요하니, 그것 없이는 이미 얻은 것도 지킬 수 없기 때문이다.

어느날 백조 왕이 그 수행원들에게 둘러싸인 커다란 연꽃 모양의 소파에 편안히 앉아 있었다. 그때 이웃 나라로부터 온 디르그하무카라는 두루미가 찾아와 왕에게 절을 올리고 앉았다.

그러자 왕이 말했다.

"그대는 다른 나라로부터 왔으니 새로운 소식을 말해 보시오."

두루미가 답했다.

"폐하, 중대한 소식이 있어서 그것을 전해 드리고자 이렇게 급히 찾아 뵙게 되었습니다. 잠부드위빠에 빈드흐야라는 산이 있는데, 그곳에 찌뜨라와르나라는 공작이 새들의 왕이 되어 살고 있습니다. 소인이 다그드하아란야 숲 속을 걷고 있을 때 그의 부하 새들이 소인을 보고서는 '당신은 누구이며, 어디서 오는 길입니까?' 라고 묻길래 소인이 이렇게 답했습니다.

'나는 까르뿌라드위빠 국의 전륜성왕인 히란야가르브하라는 백조왕
의 부하인데 다른 나라를 구경하고자 왔소.'

그러자 그 새들이 물었습니다.

'두 나라 가운데 어느 쪽이 더 살기 좋으며, 어느 왕이 더 훌륭하다고
생각하오?'

소인은 이렇게 대답했습니다.

'의문의 여지가 있겠소? 차이가 크오. 까르뿌라드위빠는 바로 천국 자
체이고, 백조왕은 하늘의 두 번째 왕이지요. 이런 황무지에서 무엇을 하
겠소? 우리 나라로 갑시다.'

이런 말을 듣고 모두 화가 났습니다."

    4. 뱀이 마신 우유는 다만 독을 더할 뿐이며, 바보에게 준 충고
       는 만족보다 화를 도발할 뿐이다.

    5. 충고는 무지한 자가 아니라 오직 지혜로운 사람에게만 주어
       야 한다. 원숭이에게 충고를 준 새들이 보금자리를 잃고 떠
       났다.

왕이 '무슨 이야기인가?' 라고 묻자 디르그하무카는 다음과 같이 얘기
했다.

제1화: 새와 원숭이

나르마다 강변, 산기슭에 커다란 샬말리 나무가 있었다. 그곳의 새들은 스스로 지은 둥지에서 우기에도 편안하게 지내고 있었다. 우기 중의 어느날 시커먼 먹구름이 하늘을 뒤덮고 비는 폭포수처럼 퍼부었다. 그런데 그 새들이 나무 밑에서 추위에 떨고 있는 원숭이들을 보자 가련한 마음에서 다음과 같이 말했다.

"여보시오. 원숭이님. 이 말씀 좀 들어보시오."

6. 부리 밖에 없는 우리도 지푸라기를 날라다 둥지를 짓는데, 손
   과 발을 다 갖춘 당신네들이 왜 그리 고생합니까?

이런 말을 듣자 화가 난 원숭이들이 이렇게 중얼거렸다.

"바람도 안 들이치는 둥지 속에 편안히 있는 네 놈들이 우리를 비난하다니. 좋다 ! 비가 그치기만 해봐라."

비가 그치자 원숭이들은 나무에 올라가 새들의 둥지를 모두 부숴 버렸고, 새알들은 모두 밑으로 떨어져 버렸다.

줄기 이야기의 계속...

(두루미 디르그하무카) "그러므로 '충고는 무지한 자가 아니라 ···.
(5)' 라고 말씀드린 것입니다."

왕이 다시 물었다.

"그 후 그들은 어떻게 되었는가?"

두루미가 답했다.

"그러자 그 새들이 화가 나서 '누가 그 백조를 왕으로 만들었는가?' 라고 묻길래 소인 역시 화가 나서 '당신네 공작새는 누가 왕으로 만들었는가?' 라고 응수했습니다. 그 말을 듣자 모두들 날 죽이려고 달려들었고, 소인도 용맹을 과시하였지요."

7. 수줍음이 여성의 장신구인 것처럼, 때로는 인내가 남성의 장신구이다. 잠자리에서 대담함이 여성의 장신구인 것처럼, 모욕을 당했을 땐 용맹함이 남성의 장신구이다.

그러자 백조 왕이 미소를 지으며 말했다.

8. 나와 적의 강점과 약점을 잘 살펴 그 차이점을 알지 못하는 자는 적에게 모멸당하리.

9. 호랑이 가죽을 뒤집어쓰고 오랜 기간 밭에서 곡식을 먹던 어리석은 당나귀가 울음소리 때문에 죽음을 당하였다.

그러자 두루미가 '그것은 무슨 이야기입니까?' 라고 물었고, 왕은 다음과 같은 이야기를 두루미에게 들려주었다.

제2화: 세탁부와 호랑이 가죽을 쓴 당나귀

하스띠나뿌라에 위라사라는 세탁부가 살고 있었다. 그의 당나귀는 너무 무거운 짐을 운반하느라 쇠약해져 거의 죽을 지경에 이르렀다. 세탁부는 당나귀에게 호랑이 가죽을 뒤집어씌운 후에 들 가까이 있는 곡식 밭에 풀어놨다. 그러자 밭 주인은 멀리서 그것을 보곤 호랑이로 여겨 급히 달아나곤 했다.

그러던 어느 날 한 밭지기가 낡은 담요로 몸을 숨기고 활과 화살을 들고 밭 한 모퉁이에서 몸을 숨인 채 기다리고 있었다. 마음껏 곡식을 먹고 힘이 넘치는 당나귀는 멀리서 그를 보자 암당나귀라고 착각하곤 크게 울부짖으며 그에게로 달려갔다. 울음소리로 놈이 당나귀임을 확인한 밭지기는 그 당나귀를 죽여 버렸다.

"그러므로 짐이 '호랑이 가죽을 뒤집어쓰고 ….(9)' 라고 말한 것일세" 왕이 물었다.

"그래서 그 다음에 어떻게 되었는가?"

디르그하무카가 답했다.

"그러자 새들은 '이 고약한 두루미야, 우리 땅을 밟고 있으면서 우리 왕을 모욕하다니! 이젠 참을 수가 없다.' 라고 말하면서 일제히 부리로 저를 쪼아댔습니다. 그리곤 다시 화를 내며 이렇게 말했습니다.

'봐라, 이 멍청한 녀석아. 너의 왕인 백조는 너무 온순해서 자기 나라

를 다스릴 힘도 없어. 온순하기만 한 자는 제 손바닥 위의 보물조차도 보
호할 수 없단 말이야. 하물며 왕국을 다스릴 수 있다고? 네 놈도 우물 안
의 개구리다. 그러니 우릴 그런 왕에게 보호받으라고 충고하는 거지. 들
어봐라.'

11. 소인에게 시중들어선 안되며, 대인을 의지처로 삼아야 한다.
    술장사의 손에 든 것은 우유라도 술이라고 여긴다.

12. 큰 덕을 가진 사람도 덕 없는 자를 가까이 하면 그 덕이 작게
    줄어드니, 마치 오목거울에 비추인 코끼리의 영상과 같다.

13. 왕이 위력을 가질 땐 다만 그 이름만으로 성공을 얻을 수 있
    으니, 마치 토끼들이 달의 이름을 빌려 행복하게 살았던 것
    과 같다.

소인이 '그건 무슨 이야기인가?' 라고 묻자 새들이 다음과 같은 얘기
를 들려주었습니다."

제3화: 코끼리와 토끼

한때 우기인데도 비가 오지 않아 갈증에 시달린 코끼리떼가 그들의 왕
에게 말했다.

"대왕님, 무슨 수로 우리의 목숨을 구해야 합니까? 여긴 작은 동물들 밖에 목욕을 할 수 없습니다. 오랫동안 목욕을 하지 못해 저희들은 마치 장님과 같습니다. 어찌해야 좋을까요?"

그러자 코끼리 왕은 그다지 멀리 떨어지지 않은 곳으로 가서 그들에게 맑은 못을 보여주었다. 날이 지남에 따라 그 둑에 살고 있던 약한 토끼들은 코끼리들의 발에 채여 가루가 될 지경이었다. 그러자 실리무카라는 토끼가 이렇게 생각했다.

'갈증에 시달린 이 코끼리떼들이 날마다 이리로 올 것이고, 그러면 우리 종족은 멸망한다.'

그러자 위자야라는 늙은 토끼가 말했다.

"걱정하지 말게. 내가 대책을 마련해 보겠네."

그리하여 그는 코끼리가 있는 곳을 향하여 길을 나섰다. 가면서 그는 코끼리떼 앞에 서서 뭐라고 말해야 할지 궁리했다.

13. 코끼리는 접촉만 할지라도 상대를 죽이며, 독사는 단지 냄새를 맡고 있을 때라도, 왕은 미소를 지으면서도, 그리고 사악한 자는 겉으로 존경을 표하면서도 상대를 죽일 수 있다.

'그러므로 나는 산꼭대기에 올라가서 코끼리 왕에게 말해야겠다.'고 생각하곤 그대로 했다. 그러자 코끼리 왕이 물었다.

"그대는 누구이며, 어디서 왔는가?"

토끼가 대답했다.

"저는 거룩하신 달님께서 파견하신 토끼입니다."

코끼리 왕이 물었다.

"용건을 말해 보아라."

위자야가 대답했다.

> 15. 사신은 칼로 협박을 당해도 거짓을 말하지 않으니, 그가 진
> 실을 말하는 것은 면책권이 있기 때문이다.

"그러므로 저는 그의 명령을 전해 드리는 것이니 잘 들어보십시오. '그대들이 이 달호수의 수호자인 토끼들을 몰아낸 것은 정당한 행위가 아니다. 토끼들은 오랫동안 나의 피보호자들이며, 그 때문에 나를 샤상까(토끼 모양을 가진 것)라고 부르는 것이다.'"

사신으로부터 이러한 달의 명령을 듣자 코끼리 왕은 두려움에 떨며 말했다.

"모르고 그런 것이오. 다시는 그곳에 가지 않겠소이다."

사신이 말했다.

"그렇다면 그 못에서 분노에 떨고 있는 달님 샤상까에게 인사드리고 그를 진정시킨 후에 가도록 하십시오."

그 후 밤이 되자 코끼리 왕은 못에 가서 일렁이는 물 속에 비친 달 그림자를 보고 큰절을 올렸고, 토끼 사신은 다음과 같이 말했다.

"달님이시여. 그는 무지해서 잘못을 저지른 것입니다. 다시는 그런 잘못을 범하지 않을 것이니 그를 용서해 주십시오."

이리하여 코끼리를 멀리 쫓아버렸다.

(공작왕의 부하 새) "그러므로 '왕이 위력을 가질 땐 ….(13)' 라고 말했네."

(두루미의 보고 내용) 그러자 저는 말했습니다.

"우리의 주인이신 백조왕이야말로 용맹하고 권세를 지닌 분이시다. 이 삼계조차도 지배하실 분이니, 하물며 이 왕국 하나쯤이야 말할 것도 없다."

그러자 새들이

"이 나쁜 놈, 그렇다면 무엇 때문에 우리 땅을 밟고 있는가?"

하면서 나를 찌뜨라와르나 왕에게도 데려갔습니다. 그들은 왕 앞에 가서 절을 올린 후 이렇게 말했습니다.

"폐하, 이 무례한 두루미 녀석이 우리 땅을 돌아다니면서도 폐하를 모독하는 말을 하고 있습니다."

그러자 왕이 물었습니다.

"그 자는 누구이며, 어디서 온 놈인가?"

그러자 부하들이 대답했습니다.

"저 놈은 히란야가르브하라는 백조왕의 신하로서 까르뿌라드위빠에서 왔습니다."

독수리 재상이 물었습니다.

"그곳의 재상은 누구인가?"

저는 이렇게 대답했습니다.

"모든 학문에 통달하여 사르와갸(一切知者)라는 별명을 가진 짜끄라 와까입니다."

독수리가 말했습니다.

"옳은 판단이다. 그는 백조왕과 동향 출신이다."

16, 17. 왕이 재상으로 선택해야 할 사람은 같은 나라 태생이고, 올바른 가정교육을 받았으며, 품성이 순수하고 정직하며, 좋은 상담자이고, 악에 물들지 않았고, 바른 길에서 벗어나지 않으며, 논쟁법에 숙달되고, 가문이 좋고, 명성과 학식이 높고, 국고의 증식에 능해야 한다.

바로 그때 앵무새가 말했습니다.

"폐하, 까르뿌라드위빠와 다른 작은 나라들은 모두 쟘부드위빠[29]에 포함됩니다. 그러므로 폐하의 통치는 그곳에까지 이르러야 합니다."

그러자 왕이 '그래야 마땅하다' 고 대답했습니다.

18. 왕과 미친 사람과 어린아이와 젊은 여자와 재물의 오만에 들뜬 자는 얻을 수 없는 것도 욕망하거늘 하물며 확실하게 얻을 수 있는 것이랴.

그에 대해 저는 이렇게 대답했지요.

---

29) 메루 산을 둘러싸고 있는 일곱 대륙 중의 하나로서 인도를 가리키는 말이기도 하다. 쟘부 나무의 땅.

"말만으로도 통치권이 이룩될 수 있다면, 우리 히란야가르브하 왕도 잠부드위빠를 지배할 것입니다."

그러자 앵무새가 말했습니다.

"이 문제를 어떻게 해결할 수 있을까?"

저는 '전쟁이 있을 뿐이다' 라고 답했습니다. 왕은 미소를 지으며

"가서 너의 왕에게 결전을 준비하라고 일러라."

라고 말했습니다. 그러자 저는 '당신들도 사신을 보내야 합니다.' 라고 말했고, 왕은

"누가 사신으로 가겠는가? 이 말을 꺼낸 자가 마땅히 사신으로 지명되어야 한다."

고 대답했습니다.

19. 사신은 그의 왕에게 충성스럽고, 순수하고, 기민하고 대담하며, 악에 물들지 않고, 너그러우며, 바라문이며, 적의 약점을 알고 재치가 있어야 한다.

독수리 재상이 말했습니다.

"사신에 걸맞는 자는 많지만, 그래도 바라문이 사신으로 보다 적합합니다."

20. 그는 왕을 기쁘게 하되 자신의 부귀를 바라지 않는다. 깔라꾸따의 검은 색은 이슈와라(쉬와)와 접촉할지라도 사라지지

않는다.[30]

공작왕이 말했습니다.

"그러면 앵무새를 사신으로 보내라. 앵무새여, 그대가 저 자와 함께 가서 우리의 뜻을 알리거라."

앵무새가 대답했습니다.

"분부대로 따르겠습니다. 그러나 이 두루미는 나쁜 놈입니다. 저 자와는 함께 가지 않겠습니다. 왜냐하면 이런 말이 있기 때문입니다."

21. 사악한 자가 악행을 저지르면 그 결과로 선량한 사람이 고통을 받는다. 큰 바다에 다리를 놓는 라와나는 시따를 납치해 갔다.[31]

22. 어떤 경우이건 사악한 자와는 함께 지내서는 안 된다. 까마귀와 함께 살던 거위와 그와 함께 여행하던 메추라기가 죽음을 당했다.

왕이 '어떤 이야기인가?' 라고 묻자 앵무새가 이야기했다.

---

30) 치명적인 독의 일종.

31) 서사시 『라마야나』 속의 등장인물. 라와나는 스리랑까의 마왕으로서 라마의 부인 시따를 납치한다.

제4화: 거위와 까마귀

　우자이니로 가는 도중 한 숲 속에 커다란 무화과 나무가 있는데, 그곳에 거위와 까마귀가 함께 살고 있었다. 어느 무더운 날 피로에 지친 나그네가 그 나무 밑에 활과 화살을 내려놓고 잠을 자고 있었다. 얼마 후 그를 가려주던 나무 그림자가 그의 얼굴에서 지나가 햇볕이 나그네의 얼굴에 내려 쪼이는 것을 본 거위는 동정심에서 날개를 펼쳐 그의 얼굴을 그림자로 가려 주었다.

　단잠을 자고 난 후 기분이 좋아진 나그네는 입을 크게 벌리며 기지개를 켰다. 그러자 남의 행복을 눈뜨고 못보는 선천적인 악심 때문에 까마귀는 그의 입에 똥을 싸고 날아가 버렸다. 나그네가 벌떡 일어나서 위를 보니 거기엔 거위가 있었고, 당장 활을 쏘아 죽였다.

　(앵무새) "그래서 '어떤 경우이건 사악한 자와는 함께 ….(22)' 라고 말했던 것입니다. 그러면 다음엔 메추라기 이야기를 해 드리겠습니다."

제5화: 순례자와 까마귀와 메추라기

　한번은 모든 새들이 가루다를 기리는 축제를 위해 바닷가로 순례를 떠났다. 그들 가운데 한 메추라기가 까마귀와 함께 여행하고 있었다. 그런데 그 까마귀는 어느 목동이 머리에 이고 가는 단지로부터 요구르트(응유)를 계속 먹어댔다. 그가 단지를 땅에 내려놓고 위를 보니 까마귀와 메

추라기가 있었다. 놀란 까마귀는 재빨리 달아났으나, 메추라기는 날으
는 것이 느려 결국 잡혀 죽고 말았다.

줄기 이야기의 계속…

(앵무새) "그러므로 '어떤 경우에건 사악한 자와는 함께 ….(22)' 라고
말했던 것입니다."

(두루미의 보고) 그러자 제가 말했지요.
"앵무새 형제여, 왜 그런 말씀을 하시오? 나는 그대를 왕만큼이나 존
경한다오."
그러자 앵무새가 답했습니다.
"그럴지 모르지. 그러나 …."

23. 사악한 자가 아무리 미소를 띄고 달콤한 말을 할지라도, 그
    것은 제 철 아닐 때 핀 꽃처럼 두려워해야 한다.

"너의 말이 두 왕 사이의 전쟁의 원인이니, 너의 사악성은 이미 너의
말로 확인되었다."

24. 어리석은 자는 눈앞에서 재앙이 벌어져도 아첨의 말에 즐거
    워하니, 자기의 아내와 정부를 머리 위에 이고 춤을 추는 수

레공과 같다.

왕이 '무슨 이야기인가?' 라고 묻자 앵무새는 다음과 같이 얘기했다.

제6화: 수레공과 그의 아내

야우와나쉬리라는 마을에 만다마띠라는 수레공이 있었다. 그는 아내의 부정을 짐작하고는 있었으나 아내가 정부와 함께 있는 것을 목격하지는 못했다. 하루는 수레공이 마을에 간다 말하고 떠난 후 얼마간을 걷다가 몰래 되돌아 와서 자기 집 침대 밑에 숨어 있었다. 그러자 남편이 다른 마을에 갔다고 믿은 아내는 저녁에 정부를 불렀다. 정부와 사랑을 속삭이던 중 침대 밑에 어떤 물체가 몸에 닿는 느낌을 받았다. 그것이 남편일지 모른다는 생각이 들자 흥이 가서 버렸다. 그러자 정부가 물었다.

"왜 오늘은 그리 미적지근하고 당황해 보이지?"

그러자 그녀가 대답했다.

"당신은 진실을 모릅니다. 내 삶의 주인이시며 어린 시절부터 친구였던 남편이 다른 마을에 갔어요. 그가 없는 이 마을이란 아무리 사람들로 북적대도 내겐 사막과 다름없지요. 낯선 곳에서 그가 어떻게 지내실까, 무엇을 드실까, 잠자리는 편안하실까, 이런 생각으로 내 마음이 심란해요."

정부가 물었다.

"뭐라구? 그따위 수레공이 그토록 좋다구?"

간부(姦婦)가 답했다.

"바보같으니, 그런 걸 말이라고 해요?"

25. 비록 거친 말을 던지고 성난 눈으로 보는 남편일지라도 상냥
한 낯빛으로 맞이하는 아내는 다르마가 머무는 곳이다.

26. 그 남편이 도시에 살건 숲에 살건 망나니건 신사이건 그를
남편으로서 사랑하는 여인들은 커다란 복을 받는다.

27. 비록 장신구가 없는 여인일지라도 남편이 가장 귀한 장신구
이니, 남편 없이는 아무리 화려하게 치장을 해도 장신구가
빛나지 않기 때문이다.

"당신은 정부일 따름이예요. 마치 비텔호도를[32] 씹거나 꽃을 따는 것
처럼 일시적인 기분에서 당신과 만나지만, 남편은 나를 팔아버릴 수도,
신이나 바라문에게 줘버릴 수도 있는 저의 주입니다. 어쨌건 그가 살아
있는 한 저도 살고, 그가 돌아가실 때면 그와 함께 죽을 것입니다. 이것
이 저의 결심이예요."

28. 그 남편을 죽음에까지 뒤따르는 여인은 사람 몸의 털 수와
같은 3천5백만 년을 하늘나라에서 살게 된다.[33]

---

32) 비텔 나무의 열매로서 입안을 깨끗하게 해 주는 일종의 기호 식품.

33) 남편이 죽으면 부인이 화장의 불에 뛰어들어 함께 죽는 풍습으로서 사띠라고 부른다.

29. 마치 뱀을 잡는 사람이 강제로 뱀을 그 구멍에서 잡아당기듯
    이, 그런 여인은 남편을 데리고 함께 하늘로 올라간다.

30. 화장터의 장작더미 위에서 남편의 시신을 꽉 붙들고 몸을 불
    사르는 부인은 비록 수백 번의 죄를 지었을지라도 남편과 함
    께 하늘나라로 가게 된다.

이런 말을 듣자 수레공은 중얼거렸다.
"저토록 마음이 곱고 남편을 공경하는 아내를 두다니 난 정말 축복받
은 놈이구나."
이렇게 생각하자 수레공은 그 위에 남녀를 실은 채 침대를 머리에 이
고 행복에 겨워 춤을 추었다.

(앵무새) "그러므로 제가 '어리석은 자는 눈앞에서 재앙이 ….(24)' 라
고 말했던 것입니다."

다시 두루미가 말했다.
"그 후 저는 의례에 따라 대접을 받은 후 그곳을 떠났고, 앵무새는 저
를 따라 왔습니다. 이런 정황을 두루 살피시어 선처하시기 바랍니다."
그러자 백조왕의 재상 짜끄라와까가 미소지으며 말했다.

"폐하, 두루미는 최선을 다해 폐하의 이익을 선양했습니다. 그러나 이런 것은 어리석은 자의 본성입니다."

31. 백 번을 양보할지라도 다퉈서는 안 된다는 것이 현자의 생각
    이며, 명분 없는 싸움은 우자의 표시이다.

왕이 말했다.
"지난날의 과오를 들춰내서 무슨 소용이 있겠소. 눈앞에 닥친 문제나 생각해 봅시다."
짜끄라와까가 말했다.
"폐하, 은밀히 드릴 말씀이 있습니다."

32. 현자는 안색과 외적인 모습과 목소리, 그리고 눈과 입의 움
    직임으로부터 타인의 마음을 읽는다. 그러므로 모사는 비밀
    스럽게 수행해야 한다.

그리하여 왕과 재상만 남고 나머지는 자리를 떴다. 그러자 재상 짜그라와까가 이렇게 말했다.
"폐하, 소인의 견해로는 두루미가 우리편 누군가의 사주를 받고 이런 일을 하는 듯 합니다."

33. 의사에서 가장 반가운 자는 환자이고, 관리에게 반가운 자는
    역경에 처한 자이며, 영리한 자는 바보를 희생양으로 삼으

니, 진실된 삶을 사는 자가 곧 상층 카스트의 사람이다.

왕이 말했다.

"그럴지도 모르지. 이유는 나중에 조사하도록 하고, 지금 당장 취해야
할 일이 무엇인지 결정짓도록 하시오."

짜그라와까가 대답했다.

"폐하, 먼저 우리의 첩자를 파견하여 그들의 동정과 그리고 그들의 강
점, 약점을 파악해야 합니다."

34. 첩자란 아국이나 적국에서 추구해야 할 혹은 피해야 할 정책
    을 결정함에 있어 왕의 눈과 같으니, 첩자가 없는 왕은 장님
    과 다름없다.

"믿을 만한 제2의 첩자를 첩자에 수행시켜 첩자는 그곳에 머물면서 적
이 취할 비밀 방침을 확인한 후 수행한 제2의 첩자에게 전달하여 이리로
보내는 것입니다."

35. 첩자는 성전을 배우려는 수도승으로 가장하여 성지나 수도
    장이나 사원에 머무르며, 그로부터 정보를 입수한다.

"첩자는 물에서나 육지에서나 움직일 수 있는 자여야 합니다. 그러므
로 바로 저 두루미를 임명하고 다른 두루미를 그와 함께 보내십시요. 그
리고 그들의 가족은 궁전 입구에 머무르게 하십시요. 그러나 폐하, 이 모

든 것은 극비리에 해야 합니다."

36. 여섯 개의 귀에 도달한 (두 사람 외에 제3자가 들은) 모의는
    반드시 소문이 되어 새어나가기 마련이니, 그러므로 왕은 단
    한 사람의 충복과만 모사를 해야 한다.

37. 모의가 새어나감으로써 왕에게 초래된 재앙은 수습할 수 없
    다는 것이 현자의 견해이다.

왕은 신중히 생각한 후 말했다.
"아주 훌륭한 첩자가 있소."
"그렇다면 싸움은 승리한 것이나 다름없습니다."
그때 문지기가 들어와 절을 올린 후 말했다.
"폐하, 잠부드위빠에서 온 앵무새가 문에서 기다리고 있습니다."
왕이 짜끄라와까를 쳐다보자 짜끄라와까가 말했다.
"우선 숙소로 안내하여 기다리도록 하라. 후에 그를 부르면 그때 만나
보도록 할 것이다."
문지기는 앵무새를 숙소로 안내한 후 돌아갔다.
"전쟁이 드디어 눈앞에 닥쳤구나."
라고 왕이 말했다.
짜끄라와까가 대답했다.
"그렇다고 곧바로 전쟁에 뛰어드는 것은 현명한 처사가 못됩니다."

38. 신중히 고려하지 않고 처음부터 왕에게 전쟁을 준비하라거
나 영토를 포기하라고 조언하는 자가 무슨 신하이며 참모라
고 하겠는가?

39. 적은 굴복시키고자 하되 전쟁이라는 수단을 취해선 안 된다.
왜냐하면 전쟁에서의 승리란 언제나 불확실하기 때문이다.

40. 회유나 물질적 원조, 혹은 단교의 방법을 동시에 모두, 혹은
어느 하나만 사용하여 적을 굴복시킬지언정 결코 전쟁에 의
존해선 안 된다.

41. 싸움을 해보기 전엔 모든 사람이 영웅이다. 적의 힘을 알기
전까지는 자만에 빠지기 쉽다.

42. 여러 사람의 힘으로도 쉽게 움직이지 않는 바위도 지렛대로
는 움직이듯이, 모사(계략)는 작은 수단에 의해 큰 성공을 거
두게 한다.

"그러나 전쟁이 불가피하다면 필요한 조처를 취해야 합니다."

43. 마치 농사에 있어 계절에 맞춰 일한 후에야 결실을 거두듯
이, 정책도 당장 이루어지는 것이 아니라 오랜 시간이 지난
후에야 결실이 맺어진다.

44. 위험이 멀리 있을 때는 두려워하더라도, 닥칠 땐 용감히 맞서는 것이 대인의 덕이다. 대인은 이 세상의 역경에 용기있게 대처한다.

45. 모든 종류의 성공에 최대 장애는 흥분(마음의 동요)이다. 물은 비록 차가울지라도 산을 뚫지 않는가?

46. 자기보다 더 강한 자와 싸우라는 전술은 어디에도 없다. 코끼리와 사람이 힘만으로 싸우면 사람이 질 것은 뻔하다.

47. 적합한 시기를 얻지 못하고 적에게 전쟁을 선언하는 것은 어리석은 짓이니, 강한 자와 싸우는 것은 벌레가 날개를 퍼득거리는 것과 같다.

48. 시기가 아닐 때는 공격을 당할지라도 거북이처럼 몸을 움추리다가도 적합한 때가 오면 성난 코브라처럼 일어서야 한다.

49. 강물이 나무와 풀을 가리지 않고 휩쓸어 가듯이, 전략가는 큰 일에나 사소한 일에나 똑같이 주도면밀하다.

"그러므로 성곽이 구축될 때까지 적의 사신인 앵무새를 안심시켜 여기서 머물러 있게 하십시오."

50. 요새에 있는 한 명의 궁수가 백명의 적을 대항할 수 있고, 백
    명이 십만명을 대항할 수 있으니, 그러므로 성곽은 필수적이
    다.

51. 성곽이 없는 왕의 영토는 적에게 정복될 수 밖에 없으니, 그
    왕은 마치 배에서 떨어진 사람처럼 무력하다.

52. 요새는 깊은 참호와 높은 성벽, 무기와 풍부한 물을 갖추고,
    산과 강과 사막으로 둘러싸인 곳에 구축해야 한다.

53. 요새는 넓은 영토와 접근하기 어려움, 충분히 저장된 물과 양
    식과 연료, 진입로와 퇴로의 일곱 가지 요건을 갖추어야 한다.

백조왕이 물었다.
"그렇다면 누구에게 요새를 건설하는 일을 맡길 것인가?"
짜끄라와까가 답했다.

54. 실무에 숙련된 자에게 일을 맡겨야 하니, 아무리 이론에 밝
    아도 실무의 지식이 없이는 당황한다.

"그러므로 사라사를 부르십시요."
그래서 사라사가 부름을 받았고, 왕이 그를 보자 이렇게 말했다.
"사라사여, 신속히 요새를 구축하시오."

사라사가 머리를 굽힌 후 대답했다.

"폐하, 소인은 오래 전부터 요새로서 이 커다란 호수를 생각해 왔습니다. 그 가운데 있는 섬에 양식과 소금만 비축해 놓도록 명하시면 됩니다."

> 55. 식량의 비축이 모든 저축 가운데 으뜸이니, 입에 보석을 넣었다고 그것이 생명을 지탱해 주지는 못하기 때문이다.

> 56. 모든 조미료 가운데 소금이 으뜸이니, 소금을 넣지 않은 양념은 소똥과 같은 맛이기 때문이다.

왕이 말했다.

"가서 만반의 준비를 하시오."

그러자 문지기가 다시 들어와서 고하였다.

"폐하, 스리랑까에서 온 메그하와르나라는 까마귀가 폐하를 뵙고자 수행원과 함께 문에서 기다리고 있습니다."

왕이 말했다.

"까마귀도 지혜롭고 견문이 넓으므로 포섭할 만하다고 보오."

짜끄리와까가 답했다.

"폐하, 그럴지도 모르오나 까마귀는 육지의 새이므로 결국엔 적 편에 서게 됩니다. 어찌 그를 받아들일 수 있겠습니까? 이런 말이 있습니다."

> 57. 제 편을 버리고 적 편에 붙는 바보는 푸른 물감에 물든 재칼처럼 적에게 살해된다.

왕이 '어째서 그런가?' 라고 묻자 재상 짜끄라와까가 얘기했다.

제7화: 푸른색 재칼

어느 숲에 살던 재칼이 시의 변두리를 돌아다니다가 푸른색 물감 독에 빠졌다. 독에서 빠져나오지 못하고 허우적거리다 새벽녘엔 거의 죽을 지경으로 탈진되었다. 그러자 물감 독의 주인은 재칼이 죽었다고 여겨 독에서 끄집어 내 멀리 끌고가서 던져 버렸다. 재칼은 숲으로 달아났고, 자신의 몸이 푸른색으로 변해 있음을 발견하자 이렇게 생각했다.

'이제 난 가장 좋은 빛깔을 가지고 있다. 그렇다면 왜 뽐내보지 못하는가?' 이렇게 생각하고 동료 재칼들을 불러 말했다.

"나는 숲 속의 여신께서 손수 사르와우샤드히의 즙으로 관정하여 숲의 왕으로 추대되었노라. 그러므로 오늘부터 이 숲에서 모든 일은 나의 명령에 의해 수행되어야 하노라."

그러자 재칼들은 그 특이한 색깔을 보고는 그에게 큰절을 올리고 말했다.

"대왕님, 명령에 따르겠나이다."

이러한 방식으로 점차 그의 지배력을 숲의 다른 거주자들에게도 뻗쳤다. 그 후 그의 동족들에 둘러싸여 최고의 권력을 누렸다. 나중엔 호랑이, 사자와 같은 힘센 신하들도 얻게 되자 그는 궁전에서 동족(재칼)들을 보는 것을 수치스럽게 여기고 그들을 멸시하기에 이르렀다. 재칼들이 낙심하는 모습을 보고 나이든 한 재칼이 이렇게 말했다.

"걱정하지 말게. 경세술(經世術)에 무지한 자가 그것에 통달하고 그의 약점을 잘 아는 우리들을 경원시해 왔네. 그를 멸망시키도록 해야겠네. 이 호랑이 등은 다만 그 빛깔에 속아 그가 재칼이라는 것을 모르고 그들의 왕으로 섬기고 있네. 그러므로 그의 정체가 폭로되도록 행동하게. 그러기 위해서는 이렇게 해야 하네. 저녁 때에 모두가 그 가까이 모여서 동시에 크게 울부짖을 것이네. 그러면 그 소리를 듣고 그도 종족의 본성에 따라 같이 울부짖을 것일세."

58. 본성이란 영구히 벗어나기 어려운 것이다. 개가 왕이 되었다고 해서 구두짝을 물어뜯지 않겠는가?

"그러면 목소리가 탄로난 그는 호랑이에 의해 살해될 것일세."
그 후 일이 그대로 수행되었고 기대한 바대로 이루어졌다.

59. 동족 속의 적은 우리의 약점과 비밀과 강점 등 모든 것을 안다. 그런 자가 내부에 있으면 마치 숲에 있는 불이 마른 나무를 태우는 것과 같다.

백조왕이 말했다.
"비록 그렇다고 할지라도 멀리서 왔으니 일단 만나주도록 하시오. 그를 포섭하는 문제에 대해선 신중히 고려해야할 것이오."

재상이 말했다.

"폐하, 사신은 이미 파견되었고 요새는 준비되었습니다. 그러므로 앵무새를 알현시킨 후 보내 줌이 마땅하온 줄 압니다."

60. 짜나끼야는 기민한 사신을 통해 난다를 죽였다.[34] 그러므로 지혜로운 자와 동반하고 용사를 중개하여 사신을 만나야 한다.

그 후 회의가 소집되었고, 앵무새와 까마귀가 초빙되었다. 목을 약간 치켜올리던 앵무새는 준비된 자리에 앉은 후 말했다.

"보시요. 히란야가르브하님. 위대하시고 존엄하신 왕, 찌뜨라와르나께서 그대에게 이렇게 명하십니다. '만일 생명이나 재산을 염려한다면 빨리 찾아와서 발밑에 무릎을 꿇으시오. 그렇지 않으면 살기 위하여 다른 장소를 생각하시오.' 라고"

그러자 백조왕이 화가 나서 말했다.

"우리 무리 가운데 저 놈의 목을 비틀어버릴 자가 없는가?"

그러자 까마귀 메그하와르나가 일어나서 말했다.

"대왕님, 명령만 내리십시오. 소인이 저 고약한 앵무새를 처치하겠습니다."

그러자 재상 사르와갸(짜끄라와까의 별명)가 왕과 까마귀를 진정시키면서 말했다.

"부디 들어보십시오."

---

34) 짜나끼야는 짠드라굽따 왕조의 대신으로서, 그의 계략에 의해 난다 왕조의 마지막 왕이 살해된다.

61. 그곳에 원로가 없는 것은 집회가 아니며, 다르마를 말하지
    않는 자는 원로가 아니다. 진실이 없는 것은 다르마가 아니
    며, 허위에 굴하는 것은 진실이 아니다.

"그리고 다르마는 이런 것입니다."

62. 사신은 비록 천민 출신일지라도 살해해선 안 된다. 왜냐하면
    사신은 곧 왕의 입이기 때문이다. 사신은 칼이 목에 들어올
    지라도 거짓을 말하지 않는 법.

63. 누가 사신의 말로써 자신의 열등함이나 적의 우월함을 판단
    하는가? 어떤 경우건 살해당하지 않는다는 그 신분 때문에
    사신은 모든 것을 말하는 것이다.

그러자 왕과 까마귀는 제정신을 차렸다. 앵무새도 일어나 돌아갔다.
나중에 짜끄라와까가 앵무새를 불러서 사태를 설명한 후 금장신구 따위
를 선물하여 돌려보냈다.

앵무새는 빈드흐야 산으로 돌아가서 왕에게 인사드렸다. 그를 보자 왕
찌뜨라와르나는 이렇게 말했다.
"앵무새여, 무슨 소식이 없는가? 그 나라는 어떤가?"
앵무새가 답했다.
"폐하, 요컨대 이것이 소식입니다. 전쟁준비를 하옵소서. 까르뿌라드

위빠 지역은 천국의 일부이옵니다. 어떻게 말로 설명드릴 수 있겠습니까?"

그러자 공작왕은 모든 주요 각료들을 소집하고 논의를 위해 자리에 앉은 후 말했다.

"눈앞에 닥친 전쟁에 관해서 어떻게 해야 할지 좋은 의견을 말해 보시오. 전쟁은 필연적으로 치를 수밖에 없소."

64. 바라문은 만족을 모를 때 파멸하며, 왕은 만족할 때 파멸한다. 창부는 수치스러워할 때 멸망하며, 숙녀는 수치를 모를 때 멸망한다.

두라다르시라 불리는 독수리 재상이 말했다.
"폐하, 전쟁은 불리한 조건하에서는 수행되어선 안되옵니다."

65. 자기의 친구, 각료, 동맹자들이 굳게 단합되어 있고, 적은 그 반대일 때만 전쟁이 수행되어야 한다.

66. 영토, 우방, 황금 이 세 가지가 전쟁의 수확이니, 이것이 확실히 보장될 때만 전쟁이 수행되어야 한다.

공작왕이 말했다.
"대신들은 우선 우리의 군사력을 살펴보도록 하시오. 그러면 그들이 얼마나 쓸모있는지 알 수 있을 것이오. 또한 점성사를 불러서 진격을 위한 길일을 결정토록 하시오."

그러자 독수리 재상이 말했다.

"당장 진격하기엔 적합하지 않습니다."

> 67. 신중한 고려 없이 성급히 적진 가운데로 들어가는 바보들은
> 반드시 적의 칼끝에 포위된다.

왕이 말했다.

"재상, 짐의 사기를 꺾는 말은 결코 하지 마시오. 승리를 원하는 자가 적의 영역을 어떻게 침략하는가를 말하시오."

독수리가 답했다.

"그에 대해 말씀드리겠습니다. 그러나 그것은 오직 실천에 옮겨질 때만이 결실을 가져올 수 있습니다."

> 68. 만일 왕이 실행하지 않는다면 경서에 따른 충언이 무슨 소용
> 이 있는가? 단지 약에 관한 지식만으로는 그 어떤 병도 치유
> 되지 않는다.

"그러나 왕의 명령은 거역해서는 안되므로 소인이 배운 바대로 아뢰 겠나이다. 들어보십시오."

> 69. 강과 산, 숲 그리고 험로에서 위험이 있는 곳이면, 장군은 전
> 투태세로 진열한 군사들과 함께 전진해야 한다.

70. 군의 사령관은 용맹스런 군사들과 더불어 앞에서 나아가고,
    중간엔 여성과 왕과 금고와 그리고 비주력 부대를 배치해야
    한다.

71. 양 측면엔 기병이, 기병의 바깥엔 전차부대가, 전차부대의
    바깥엔 코끼리 부대가, 그리고 코끼리 부대의 바깥쪽엔 보병
    이 배치되어야 한다.

72. 뒤에는 총사령관이 대신들과 용사들과 함께 피곤한 병사들
    을 격려하고 뒷받침하면서 천천히 전진해야 한다.

73. 물과 언덕이 많은 거친 땅은 코끼리로 건너며, 평지는 말로,
    강은 배로 건너며, 보병은 아무 곳이나 갈 수 있다.

74. 우기가 다가오면 코끼리로 행군함이 가장 좋고, 다른 계절은
    말이 적합하며, 보병은 언제건 좋다.

75. 산이나 험로에선 왕을 잘 비호해야 하며, 비록 용사들이 방
    호하고 있을지라도 잠은 요가수행자의 졸음과 같아야 한다.

76. 좁고 험한 길목에서 압박함으로써 적을 멸망시키고 괴롭혀
    야 한다. 그리고 적의 영토로 진입할 때는 산(山)사람들을 앞
    세워야 한다.

77. 왕이 있는 곳엔 금고도 있어야 한다. 금고 없이는 왕권도 있
을 수 없다. 그로부터 자기의 신하들에게 급료를 지불해야
한다. 그 누가 돈을 주는 자를 위해 싸우려 하지 않겠는가?

78. 사람은 사람의 하인이 아니라 재물의 하인이니, 존경이나 경
멸은 재물이 있고 없음에 달려 있다.

79. 분열되지 않고 싸워야 하며, 서로를 방호해야 한다. 힘이 약
한 병사들은 진영의 중간에 배치시켜야 한다.

80. 왕은 보병을 부대의 전방에 배치해야 한다. 적을 포위하고
기다리며, 적국을 압박해야 한다.

81. 평지에선 전차와 말로 싸워야 하고, 물이 흘러 넘치는 곳에
선 배와 코끼리로, 나무와 덤불이 덮힌 곳에선 칼과 방패, 기
타의 무기로 싸워야 한다.

82. 적의 사료(말과 코끼리를 위한)와 식량, 물과 연료를 끊임없이
망가뜨려야 하며, 저수지와 성벽과 참호들을 파괴해야 한다.

83. 코끼리는 왕의 병력에 있어서 주요 요소이니 그에 견줄 것이
달리 없다. 코끼리는 타고난 지체(枝體)에 여덟 가지 무기를
지니고 있다고 전해진다.

84. 기병은 움직이는 방벽인 만큼 군대의 힘이다. 그러므로 기병
이 우세한 왕은 육지전에서 승리한다.

85. 기마(騎馬)의 전사들은 신들도 이기기 어려우니, 멀리 있는
적들도 그들의 손아귀에 있는 것과 다름없다.

86. 전투에서 선제공격을 하는 것, 군 전체를 보호하는 것, 사방으
로 진로를 확보하는 것, 이 세 가지가 보병의 의무라고 말한다.

87. 선천적으로 용맹하고, 무기의 사용에 숙달하며, 충성스럽고,
어려움을 극복하며, 유명한 무사계급의 출신일 때 가장 훌륭
한 군사라고 한다.

88. 용사들은 그들에게 주어지는 많은 재물 때문이 아니라 군주
가 하사하는 명예 때문에 이 세상에서 싸움하는 것이다.

89. 다수의 오합지졸이 소수의 정예군 보다 우세할 수 없다. 약
한 병졸의 붕괴가 강한 병사들의 붕괴로 이끈다는 것은 자명
하기 때문이다.

90. 은전(恩典)에 인색함, 명예로운 지위를 얻지 못함, 주어져야
할 몫을 횡령함, 급료의 연체, 잘못의 방관, 이것이 병사의 충
성심이 떠나는 원인이다.

91. 승리를 원한다면 자신의 병사를 지치지 않게 하면서 적을 공
    격해야 한다. 오랜 행군으로 매우 지친 적의 군대는 쉽게 정
    복될 수 있기 때문이다.

92. 적을 붕괴시키는데 그 적의 친족을 이용하는 것 이상의 전술
    은 없으니, 그러므로 무슨 수를 써서라도 그 적의 친족을 옹
    립하는데 힘써야 한다.

93. 그 목적이 확고한 침략자는 적의 왕자나 재상과 연맹하여 내
    부의 분란을 일으켜야 한다.

94. 적과의 동맹군은 전투에서 패배시키거나, 그의 가축을 포획
    하거나 주요 인물이나 신하들을 납치함으로써 파괴해야 한
    다.

95. 왕은 사람들을 다른 나라로부터 강제로 데려오거나 아니면 은
    전을 베풂으로써 자기 나라가 북적거리도록 해야 한다. 왜냐
    하면 백성들이 많이 거주할 때 번영도 이루어지기 때문이다.

왕이 말했다.
"더 많은 말을 해서 무슨 소용이 있겠소?"

96. 자신에게는 번영을, 적에게는 몰락을 가져오는 것, 이 두 가

지가 바로 정치술의 요체이다. 정치술의 통달자는 그것을 훌륭히 수행하고 나서 웅변을 펼친다.

재상이 웃으면서 말했다.
"모두 옳습니다. 그러나 …"

97. 통제되지 않은 힘과 경전(가르침)에 의해 인도된 힘은 다르다. 어떻게 한곳에 빛과 어두움이 함께 있을 수 있겠는가?

그 후 왕은 일어나서 점성가가 선택한 길일에 진군하였다.

- 백조왕의 진영 -

파견되었던 첩자가 백조왕 히란야가르브하에게 와서 말했다.
"폐하, 공작왕 찌뜨라와르나가 거의 도착했습니다. 지금 그는 말라야 산의 고지에 야영군과 함께 머물고 있습니다. 매순간 성을 주의 깊게 수색해야 합니다. 왜냐하면 독수리 재상은 뛰어난 참모이며 누군가와 밀담 속에서 그가 이미 누군가를 우리의 성안으로 잠입시켰다는 정보를 알게 되었습니다."
그러자 짜끄라와까가 말했다.
"폐하, 그 자는 까마귀일 것입니다."
왕이 답했다.

"결코 그럴 리가 없소. 만일 그렇다면 어떻게 그가 앵무새를 벌하고자 하겠소? 더욱이 그곳에서 전쟁의 열망을 드러낸 것은 앵무새가 이미 떠난 후였고 반면 그는 오랫동안 여기에 머물러 있소."

재상이 말했다.

"그럴지라도 낯선 자에 대해서는 의심해 봐야 합니다."

왕이 답했다.

"낯선 자일지라도 때로는 도움이 됨을 경험할 수 있소. 들어보시오."

98. 남일지라도 이로우면 친족이며, 친족일지라도 해로우면 남이나 다름없으니, 몸에서 생긴 병이 해로운데 반해 숲에서 있는 약초는 이로운 것과 같다.

99. 슈드라까 왕에게 위라와라라는 신하가 있었는데, 그는 얼마 안되어 자기의 아들을 바쳤다.

짜끄라와까가 '그것은 무슨 얘기입니까?' 라고 묻자 왕이 이야기했다.

전에 슈드라까 왕의 '유희의 연못' 에 왕족 거위인 까르뿌라껠리가 살고 있었는데 나는 그의 딸인 까르뿌라만자리와 사랑에 빠졌다. 그런데 어떤 나라로부터 온 위라와라라는 이름의 왕자가 궁전 문에 다가와선 문지기에게 이렇게 말했다.

"나는 일자리를 찾고 있는 왕자로서 왕을 뵙고자 하오."

그러자 문지기는 그를 왕이 계신 곳으로 안내했고 왕자는 이렇게 말했다.

"폐하, 만일 소인인 저를 신하로 고용하고자 하신다면 봉급을 책정해 주십시오."

슈드라까 왕이 물었다.

"얼마의 봉급을 원하는가?"

위라와라가 답했다.

"하루 사백 냥이면 됩니다."

왕이 물었다.

"그대의 특기가 무엇인가?"

위라와라가 답했다.

"두 팔과 그리고 세 번째는 검입니다."

왕 슈드라까가 말했다.

"그것만으론 불가능하네."

그런 말을 듣고서 위라와라는 예를 올리고 떠났다.

그러자 대신들이 말했다.

"폐하, 그에게 우선 사일 분의 급료를 주고 그가 그런 봉급을 받기에 적합한지 아닌지 그의 자격을 파악하도록 하십시오."

그리하여 대신들의 권고에 따라 위라와라를 소환하여 비텔호도와 금화 사백냥을 주었다. 그리고서 그 돈이 어떻게 쓰이는가를 비밀리에 관찰했다. 위라와라는 그 돈의 반을 신들과 바라문들에게 보시했고, 나머지의 반은 어려운 사람들을 위해 그리고 그 나머지는 음식과 오락을 위해 사용했다.

이 모든 필수적 의무를 이행한 후 그는 검을 손에 들고 밤낮으로 왕궁의 문을 지켰다. 또한 왕의 지시가 있을 때면 나를 방문하였다.

그러던 어느 날 달이 기우는 십사일째 밤에 왕이 슬픈 울음소리를 들었다. 슈드라까 왕이 말했다.

"거기 문에 누가 있는가?"

"폐하, 소인 위라와라이옵니다."

왕이 말했다.

"저 울음소리를 따라가 보거라."

위라와라는

"폐하, 분부대로 이행하겠나이다."

라고 답하고는 물러났다.

그러자 왕은 이렇게 생각했다.

'이 어두운 밤에 왕자를 혼자 보내는 것은 옳지 않다. 그를 따라가서 무슨 일인지 알아보아야겠다.'

그리고선 왕도 칼을 지니고서 그의 뒤를 따라서 시 바깥으로 갔다.

위라와라가 가보니 젊음과 아름다움을 갖추고 온갖 장신구로 장식한 한 여인이 울고 있는 것이 보였고, 그녀에게 물었다.

"그대는 누구이며, 왜 울고 있는 것입니까?"

여인이 답했다.

"저는 슈드라까 왕의 행운의 여신입니다. 오랫동안 저는 왕의 보호의 그늘에서 매우 행복하게 살았지요. 그러나 이제 저는 다른 곳으로 떠날 것입니다."

위라와라가 말했다.

"역경이 있으면 그로부터 벗어날 방도도 있는 법이요. 어떻게 하면 그대가 다시 여기에 안주할 수 있겠소?"

행운의 여신이 답했다.

"만일 당신이 서른 두 가지 호상을 가진 당신의 아들 샤끄띠드하라를 여신 사르와망갈라에게 바친다면 소녀는 여기서 오랫동안 행복하게 살 수 있을 것입니다."

이렇게 말하고 그녀는 시야에서 사라졌다.

그 후 위라와라는 자기 집으로 가서 자고 있는 아내와 아들을 깨웠다. 그들이 일어나 앉자 위라와라는 행운의 여신이 그에게 말한 모든 것을 전했다. 그 말을 듣고 샤끄띠드하라는 기뻐하며 말했다.

"왕권의 존엄을 지키기 위해 제가 소용이 된다면 그것은 저에게 축복입니다. 그렇다면 아버님, 지체할 이유가 무엇입니까? 언제이건 이러한 상황에서 이 몸을 사용하는 것은 칭찬할 만합니다."

100. 현자는 타인을 위해 재산과 생명을 포기해야 한다. 언젠가 소멸될 것이 필연적일진대 좋은 목적을 위해 버리는 것이 더 낫다.

그러자 샤끄띠드하라의 어머니가 말했다.

"그렇게 하지 않는다면 어떤 다른 행위로써 큰 봉록의 대가를 치르겠느냐."

그렇게 숙고한 후 그들은 사르와망갈라의 사원으로 갔다. 그곳에서 여신에게 예배를 드린 후 위라와라는 말했다.

"오 —, 여신이시여. 은총을 베푸소서. 슈드라까 대왕께서 언제나 승리하게 하소서. 이 몸을 받아 주소서."

이렇게 말하고선 아들의 머리를 잘랐다. 그리하여 위라와라는 왕으로
부터 받은 봉록의 대가를 치렀다. '이제 아들이 없는 나의 삶은 비참할
뿐이다.' 라고 생각하곤 그 자리에서 자신의 머리를 잘랐다. 그러자 그의
아내 역시 남편과 아들에 대한 슬픔에 눌러서 그들을 뒤따랐다.

이 모든 것을 듣고 보고 나서 왕은 놀라워하며 생각했다.

101. 나와 같이 하찮은 생명들은 살고 죽고 하지만 그와 같은 자
는 이 세상에 없었고, 앞으로도 없을 것이다.

"그가 떠난 나의 왕국은 내게 아무 소용이 없다."

그리고선 슈드라까왕 역시 자신의 머리를 베고자 칼을 치켜올렸다. 그
러나 여신 사르와망갈라가 눈앞에 나타나서 왕의 손을 붙잡고 말했다.

"아들아, 나는 그대에게 흡족하다. 무모한 짓은 이것으로 족하다. 그
대의 죽음 이후에도 그대의 왕국이 멸망하는 일은 없을 것이다."

그러자 왕이 여신 앞에 큰절을 올리고서 말했다.

"여신이여, 왕국이 제게 무슨 소용이 있으며, 목숨이 무슨 소용이 있습
니까? 만일 저를 불쌍히 여기신다면 그의 아내와 아들과 더불어 위라와
라와 여생을 살도록 해주옵소서. 그렇지 않으면 저는 제게 주어진 운명
의 길을 가겠습니다."

여신이 말했다.

"아들아, 그대의 고결한 덕과 신하에 대한 자비로 인해 나는 매우 흡족
하노라. 가거라, 그리고 번영하거라. 이 왕자도 그의 가족과 더불어 회생
할지어다."

이렇게 말하고선 여신은 눈앞에서 사라졌다. 그의 아내와 아들과 더불어 회생한 위라와라는 자기 집으로 갔다. 왕도 그들에게 보이지 않게 재빨리 돌아갔고, 궁의 내전에 들어 평소와 같이 잠들었다.

문을 지키고 있는 위라와라에게 다시 왕이 질문하자 이렇게 답했다.

"폐하, 울고 있던 그 여인은 저를 보자 사라져버렸습니다. 그밖에 다른 소식은 없습니다."

이 말을 듣자 왕은 흡족해하였고, '이 고결한 심성은 칭찬받을만하도다.'라고 경탄하였다.

102. 인색하지 않으면서도 부드럽게 말해야 하며, 교만하지 않으면서도 용감해야 하며, 헛되이 돈을 낭비하지 않으면서도 베풀 줄 아는 자이어야 하며, 거칠지 않으면서 대담해야 한다.

"이러한 대인의 특징이 이 사람에게 모두 갖추어져 있도다."

그 후 아침이 되어 일어난 왕은 대신들의 회의를 소집하여 모든 사건을 보고하였고, 은전으로서 까르나따의 왕국을 그에게 하사하였다.

(백조왕) "그렇다면 어찌 낯선 자가 단지 출생만으로 악하다고 하겠소? 그들 가운데도 상과 하, 중간의 구분이 있소이다."

짜끄라와까가 말했다.

103. 왕의 의중을 살펴서 해서는 안될 것을 해야 할 것처럼 권고
     하는 자는 나쁜 대신이니, 해서는 안될 것을 함으로써 멸망
     하는 것보다 직언을 함으로써 야기되는 임금의 마음의 고
     통이 더 낫다.

104. 그의 의사와 스승과 대신이 아첨꾼일 때 그 왕은 신체의 건
     강과 다르마와 재물을 급속히 상실한다.

"들어보옵소서, 폐하."

105. '어떤 자가 선행으로 얻은 것을 나도 얻을 수 있겠지' 하는
     탐욕 때문에 재물을 쫓던 이발사가 수도승을 살해하고선
     목숨을 잃다.

왕이 '그것은 무슨 이야기인가?' 라고 묻자 재상 짜끄라와까는 다음과
같이 이야기했다.

제9화: 수도승을 죽인 이발사

아요드흐야에 쭈다마니라고 이름하는 한 끄샤뜨리야(무사계급)가 살
고 있었다. 그는 부자가 되려는 욕망으로 오랫동안 고행하면서 관모(冠
毛)에 초생달 장식을 가진 쉬와신을 섬겼다. 그리하여 죄로부터 정화되

었을 때 신의 명령에 따라 재물의 신 꾸베라가 꿈에 나타나 다음과 같이 말했다.

"그대는 오늘 아침 머리를 박박 깎고 손에 몽둥이를 들고 그대의 집 문 옆에 몰래 숨어서 있을 것이다. 그 후 집 마당으로 오고 있는 수도승을 보자 몽둥이로 사정없이 내려칠 것이다. 그러자 그 수도승은 그 순간 금으로 가득 찬 항아리로 변할 것이며 그대는 그것을 가지고 여생을 편안히 살지어다."

그는 그와 같이 실행했고 꿈에서 예언한 일이 벌어졌다. 그런데 이발을 주문받고 온 이발사가 그 광경을 보고서는 생각했다.

'아 ─, 이것이 재물을 얻는 방법이다. 왜 나라고 해서 그렇게 못할소냐.'

그 이후 이발사는 날마다 같은 방식으로 몽둥이를 손에 들고 몰래 숨어서 수도승이 오기를 기다렸다. 어느 날 한 수도승을 발견하자 이발사는 몽둥이로 사정없이 내려쳐서 그를 죽였다. 그 죄로 인해 그 이발사는 판관에게 벌을 받고 죽었다.

줄기 이야기의 계속...

(백조왕의 재상) "그러므로 '어떤 자가 선행으로 얻은 것을 … .(124)' 이라고 말씀드린 것입니다."

왕이 말했다.

107. 옛날 이야기를 한다고 해서 어찌 타인이 순수한 친구인지
     사기꾼인지 판단할 수 있겠는가?

"그렇다 하고, 당장 걸린 문제나 생각해 보도록 하시오. 만일 찌뜨라
와르나가 말라야의 고지에 있다면 이제 어떻게 해야겠소?"
재상이 말했다.
"폐하, 돌아온 첩자의 입으로부터 들은 바에 의하면 찌뜨라와르나는
독수리 재상의 충고를 무시한다고 합니다. 따라서 그러한 바보를 이기
는 것은 쉽습니다. 이런 말이 있습니다."

108. 탐욕스럽고, 잔인하며, 게으르고, 기만적이고, 부주의하며,
     어리석고, 겁약하고, 불안정하고, 어리석고, 용사를 무시하
     는 적은 쉽게 파괴될 수 있다.

"그러므로 그가 우리의 성문을 봉쇄하기 전에 사라사와 다른 장군들
에게 강과 산과 들과 길목에서 그의 군사를 공략하도록 명하옵소서. 왜
냐하면 이런 말이 있습니다."

109. 오랜 행군으로 지쳐 있을 때, 강과 산, 숲 속에 갇혀 있을
     때, 맹렬한 불길로 두려움에 사로잡혀 있을 때, 굶주림과 갈
     증에 시달릴 때,

110. 주의가 산만하며, 식사에 정신이 팔려 있을 때, 질병과 보급

의 차단으로 핍박받을 때, 질서가 문란할 때, 비바람으로 사기가 저조할 때,

111. 진흙, 먼지, 물이 가득한 장소에서 옹색하게 머물 때, 흩어져 있을 때, 도적에게 쫓길 때, 이럴 경우에 왕은 적의 군사를 공략해야 한다.

112. 왕은 공격의 두려움 때문에 밤을 뜬눈으로 샌 피로로 졸음에 사로잡혀 낮잠 든 병사를 패퇴시켜야 한다.

"이런 까닭으로 우리 장군들은 저 방심하고 있는 군사들에게 다가가서 기회를 틈타 공격하도록 하옵소서."

그와 같이 실행하자 공작왕 찌뜨라와르나의 많은 병사들과 장군들이 죽음을 당했다.

- 공작왕의 진영 -

그러자 찌뜨라와르나는 의기소침하여 그의 독수리 재상 두라다르시에게 말했다.

"왜 그대는 우리에게 무관심하오? 혹시나 내가 그대에게 무례한 적이 있었소?"

113. 왕권을 얻었다고 하여 부당하게 행동해서는 안 된다. 왜냐
하면 방자함이 번영을 파괴하는 것은 마치 늙음이 뛰어난
미색을 파괴하는 것과 같다.

114. 유능한 자는 번영을 이루고, 좋은 음식을 먹는 자는 건강을
얻으며, 병이 없는 자는 행복을 얻고, 부지런히 공부하는 자
는 학문을 이루고, 행동을 절제하는 자는 다르마와 재물과
명성을 얻는다.

독수리 재상이 말했다.
"폐하, 들어보옵소서."

115. 비록 왕이 통치술에 대한 배움이 없을지라도 배움이 높은
신하를 가짐으로써 뛰어난 번영을 얻을 수 있으니, 마치 물
가에 있는 나무와 같다.

116. 술과 여자, 사냥, 도박, 재물의 낭비, 포악한 말, 그리고 폭
정은 왕에 있어서의 재앙이다.

117. 무모하게 행동하는 자도 우유부단한 본성을 가진 자도 뛰어
난 부를 얻을 수 없으니, 행운은 통치력과 용기에 머문다.

"폐하께서는 폐하의 군사의 지나친 열기와 무모한 모험심을 보시고서

도 제가 드린 간언엔 유념하시지 않으시고 거칠게 말씀하셨습니다. 그
러므로 잘못된 정책의 결과로 이런 일을 겪고 계십니다. 다음과 같은 말
이 있습니다."

118. 잘못 간언하는 대신을 가진 왕치고 그 누가 정책의 잘못으
로부터 오는 괴로움을 겪지 않을 것인가? 나쁜 음식을 먹은
자로서 누가 병으로 시달리지 않을 것인가? 부귀로 오만해
지지 않을자가 누구인가? 죽음이 그 누구인들 파괴시키지
못하겠는가? 여인의 교태에 번민하지 않을 자가 누구이겠
는가?

119. 낙담은 기쁨을 파괴하며, 겨울의 도래는 가을[의 아름다움]
을, 태양은 어두움을, 배은망덕은 선행을, 소원성취는 슬픔
을, 바른 행실은 불운을, 그리고 그릇된 행실은 아무리 풍부
한 재물일지라도 파괴한다.

"그 후 소인은 홀로 이렇게 생각했습니다. '이 왕은 지혜가 결여되어
있구나. 그렇지 않다면 어떻게 어리석은 말의 불꽃 없는 쥐불로써 정치
학에 바탕한 충언의 달빛을 흐리게 할 수 있을까"

120. 그 사람 자신이 지혜가 없는데 학문이 그에게 무슨 소용이
있으며, 눈이 없는 자에게 등불이 무엇을 할 것인가?

"이렇게 생각하고서 소인은 침묵을 지켰습니다."

그러자 왕이 두 손을 모으고 말했다.

"재상, 이것은 짐의 잘못이오. 이제 나머지 군사를 데리고 후퇴하여 빈드흐야 산으로 갈 수 있는 방도를 가르쳐 주시오."

그러자 독수리 재상이 홀로 생각했다.

'여기서 대책을 세워야 한다. 왜냐하면,'

121. 신들과 스승, 소, 왕, 바라문, 그리고 어린아이와 노인과 병
     자에겐 언제나 화내기를 삼가해야 한다.

재상은 웃으면서 말했다.

"폐하, 두려워 마십시오. 용기를 내십시오. 폐하, 들어보십시오."

122. 대신의 지혜는 계획이 어긋날 때에, 의사의 지혜는 3요소의
     균형이 깨지는 질병에서 드러난다.[35] 순탄한 상황에서라면
     누구인들 현자가 아니겠는가?

123. 어리석은 자는 작은 것을 시도할지라도 쉽게 교란되나, 지
     자는 큰 것을 도모하면서도 흔들림이 없다.

"그러므로 적의 성을 공격한 후에 짧은 시간 안에 영광과 권세를 가지

---

35) 인도의 전통의학인 아유르베다에 의하면 질병은 우리 몸을 구성하고 있는 세 가
    지 요소 즉 와따, 삐따, 까파의 균형이 깨어짐으로써 발생한다고 본다.

고 폐하를 빈드흐야 산으로 모시겠습니다."

왕이 말했다.

"지금 짐의 작은 군사력으로 어떻게 그것이 가능하겠소?"

독수리가 말했다.

"폐하, 모든 것이 이루어질 것입니다. 왜냐하면 공격자의 경우엔 신속성이 승리의 성취에 필수적인 특징이옵니다. 그러므로 즉시 성을 포위하옵소서."

- 백조왕의 진영 -

첩자로 파견되었던 두루미가 돌아와서 백조왕 히란야가르브하에게 이렇게 말했다.

"대왕님, 약소한 군사력 밖에 없는 찌뜨라와르나 왕이 독수리 재상의 간언에 따라 성문을 포위하려 하옵니다."

왕이 답했다.

"사르와갸여, 이제 어찌해야 하오."

짜끄라와까가 답했다.

"우리의 군사 가운데서 정예와 비정예를 구분지으옵소서. 그리 한 후에 금, 옷 따위로 공훈에 따라 은전을 베푸옵소서. 왜냐하면,"

124. 그릇된 소비는 한 푼일지라도 마치 천만금과 같이 여기고,
    적합한 때에는 천만금도 아끼지 않는 왕 중의 사자를 행운

의 여신 락슈미는 버리지 않는다.

125. 제사와 결혼, 재앙이 닥쳤을 때와 적을 무찌를 때, 명예를
가져다주는 행위, 우정의 확보와 사랑하는 여인, 빈곤한 친
족, 이 여덟 경우엔 아무리 돈을 써도 낭비가 아니다.

126. 어리석은 자는 작은 소비를 두려워하여 모든 것을 망친다.
어느 현명한 사람이 세금에 대한 지나친 두려움 때문에 거
래 상품 꾸러미를 버리겠는가?

왕이 말했다.

"이런 때에 어찌 과도한 소비가 정당하겠소? 역경을 대비하여 돈을 저
축해야 한다는 말이 있지 않소?"

재상이 답했다.

"어떻게 제왕에게 역경이 있을 수 있겠습니까?"

왕이 말했다.

"행운의 여신도 때로는 왕을 버리오."

재상이 답했다.

"재물은 설사 쌓아 둔다 해도 소멸합니다. 그러므로 폐하, 인색함을
버리시고 은전을 베푸시어 폐하의 용사들을 격려해 주옵소서. 이렇게
말했습니다."

127. 서로 알고, 충분히 위무되고, 목숨을 기꺼이 바치고자 하며,

좋은 가문에 속하며, 정당히 대우받는 전사들은 적의 군사
들을 정복한다.

128. 덕행을 갖추고, 단합되어 있으며, 결심이 확고한 선발된 용
사들은 오백명일지라도 적의 군단을 물리칠 수 있다.

129. 대인도 선과 악의 구분을 모르고, 난폭하며, 배은망덕하고,
자기의 이익만을 추구하는 사람을 버리거늘 하물며 다른
사람들이랴.

130. 진실, 용맹, 측은심, 자선심, 이들은 왕의 주요 덕목들이다.
이들을 갖추지 못한 왕은 반드시 비난의 대상이 된다.

"이러한 경우에 우선 대신들을 우대하셔야 합니다. 이런 말이 있습니
다."

131. 그의 운명이 나와 묶여 있고, 그와 더불어 흥하고 망하는 신
뢰하는 사람을 왕은 생명과 재산을 지키도록 임명해야 한다.

132. 야바위꾼이나 여자, 애송이를 대신으로 삼는 왕은 그릇된
정책의 폭풍에 휘날려 국정의 바다 속에 침몰한다.

"들어보옵소서. 폐하."

133. 기쁨과 분노를 잘 통제하고 경전의 가르침을 굳게 믿으며,
　　　 항상 신하들을 돌보는 그에게 대지는 풍요를 가져다 줄 것
　　　 이다.

134. 결코 왕은 신하들을 멸시해선 안되나니, 그들의 번영과 쇠
　　　 락이 왕과 함께 일어난다.

135. 왕이 교만에 눈이 멀어 나랏일이 험난한 바다에 빠질 때 우
　　　 정어린 신료들의 행동은 구원의 손이다.

- 공작왕의 진영 -

그때에 까마귀 메그하와르나가 와서 인사를 올린 후 이렇게 말했다.

"폐하, 소인에게 은혜로운 눈길을 주옵소서. 지금 적은 전투를 하고자 성문에 있습니다. 폐하께서 명령만 내리시면 출격하여 소인의 무용을 보여 드리고 그로써 폐하의 성은을 갚고자 하옵니다."

그러자 공작왕 찌뜨라와르나가 말했다.

"그러지 말라. 만일 바깥으로 나가서 싸운다면 지금까지 우리의 진영을 지킨 것이 무의미한 일이 될 것이다."

136. 악어가 비록 난폭하지만 물 바깥으로 나오면 굴복당하며, 사
　　　 자는 비록 용맹하지만 숲 바깥으로 나오면 재칼과 다름없다.

"대왕님, 몸소 가서서 전투를 보시옵소서."

137. 군사를 진격시킨 후 왕은 자신이 바라보는 데서 전투가 이루어지게 해야 한다. 개조차도 주인이 이끌어 줄 때는 사자처럼 행동하지 않던가?

곧이어 그들 모두는 성문으로 가서 큰 전투를 수행했다. 다음 날 공작왕 찌뜨라와르나는 독수리 재상에게 말했다.
"재상, 이제 그대의 약속을 이행하시오."
독수리가 답했다.
"폐하, 우선 들어보십시오."

138. 성을 장시간 지탱할 수 없음, 혹은 성이 매우 작음, 지휘관이 어리석고 나약함, 잘 방어하지 못함, 병사들이 공포에 사로잡혀 있음, 이것을 성의 재앙이라고 부른다.

"그런 것이 이 경우엔 없습니다."

139. 기만술, 장시간의 포위, 기습공격, 죽음을 각오한 용맹, 이것이 성을 점령하는 네 가지 길이라고 말한다.

"소인의 능력껏 노력하겠습니다."
그러자 그는 왕의 귀에다 뭐라고 소근거렸다. 그 후 해가 뜨기도 전에

성의 네 문에서 전투가 벌어지자 까마귀들은 성안의 가옥들에 일제히 불을 질렀다. 얼마 후 '성이 함락되었다! 성이 함락되었다' 라는 고함소리가 들렸고, 많은 집에서 타오르는 불을 직접 보자 백조왕의 병사들과 성의 다른 주민들은 급히 못으로 들어갔다.

140. 적절한 시간에 최선의 능력을 발휘하며, 좋은 충언을 듣고, 최선의 용기를 발휘하며, 용맹하게 싸우거나, 아니면 잘 후퇴하여 머뭇거려선 안 된다.

천성이 낙천적인 백조왕은 사라사를 동행하고 느리게 움직이다가 찌뜨라와르나의 장수인 수탉에게 공격당하여 포위되었다. 히란야가르브하가 사라사에게 말했다.

"사라사 장군, 짐에 대한 배려 때문에 자신을 파괴해선 안되오. 그대는 지금이라도 도피할 수 있소. 어서 물 속으로 뛰어들어 자신을 구하시오. 짐의 아들 쭈다마니를 사르와갸의 동의를 얻어 왕위에 앉히시오."

사라사가 말했다.

"폐하, 그와 같은 견딜 수 없는 말씀을 하지 마옵소서. 하늘에 달과 해가 있는 한 폐하께선 승리할 것입니다. 폐하, 소인은 성의 사령관입니다. 적은 소인의 살과 피로 범벅이 되어 문으로 들어올 것입니다. 너욱이 폐하,"

141. 인내심과 아낌없이 베푸는 마음과 덕을 지닌 왕은 얻기 어렵다.

왕이 말했다.

"그러나 또한 정직하고 부지런하며 헌신적인 신하도 얻기 어렵다."

사라사가 말했다.

"폐하, 다시 들어보옵소서."

142. 만일 싸움을 피한 후에 죽음의 두려움이 없다면, 여기로부터 도주하는 것이 합당하지만, 죽음이 필연적이라면 왜 헛되이 명예만 더럽히는가?

143. 바람이 일으킨 파도의 일렁임처럼 덧없는 이 생존 가운데서 타인을 위해 자신의 목숨을 희생함은 선덕에 의해서 가능한 것이다.

144. 왕과 대신 국토, 성곽, 재정, 군사, 동맹국, 신하들 그리고 신민들의 질서는 왕국을 이루는 요소들이다.

"폐하, 폐하는 주인이시며, 무슨 방법으로도 보호되어야 합니다. 왜냐하면"

145. 아무리 번영할지라도 왕에게 버려진 신하는 살지 못한다. 드한반따리(신들의 의사)와 같은 명의인들 수명이 다한 사람에게 무엇을 할 수 있겠는가?

146. 인간의 지배자(왕)가 멸하면 인간 세계도 멸하며, 그가 홍성
     하면 세계도 홍하니, 마치 해가 지면 시들고 해가 뜨면 피는
     연꽃과 같다.

이윽고 수탉이 와서 발톱으로 백조왕의 몸에 상처를 입혔다. 그러자
사라자가 재빨리 다가와서 자신의 몸으로 왕을 감쌌다. 사라사는 수탉
에게 발톱과 부리로 공격을 당하면서도 왕을 그의 몸으로 보호하였고,
왕을 물 속으로 밀어 넣었다. 그리고는 수탉 장군을 부리로 쪼아 죽였다.
그 후 사라사도 몸에 많은 공격을 받고 전사하였다. 찌뜨라와르나 왕은
성으로 들어와 성에 있는 재물을 가져가도록 명했고, 승리의 만세소리로
환호를 받으면서 그의 군사에게로 돌아갔다.
　그러자 왕자들이 말했다.
　"그 왕의 군사 가운데서 자신의 몸을 희생하여 왕을 구한 사라사 만이
선덕을 지녔습니다."

147. 모든 암소들이 소 모양을 가진 송아지를 낳지만 소수만이 강
     건하고 근육질의 어깨를 지닌 무리의 우두머리를 낳는다.

스승 위슈누사르마가 말했다.
　"저 위대한 자는 천녀들의 시중을 받으며 천상의 행복을 누릴지어다.
왜냐하면 이런 말이 있습니다."

148. 주인을 위해 목숨을 희생하는, 주인에게 헌신하며, 은혜를

아는 저 용사들은 천계로 간다.

149. 용사가 적들에 둘러싸여 죽으면서도 겁약함을 보이지 않는
     다면 그는 반드시 불멸의 세계에 도달한다.

"왕자님들은 이제 전쟁에 관해서 들으셨습니다."
그러나 왕자들이 말했다.
"저희들은 듣고서 즐거웠습니다."
위슈누사르마가 말했다.
"이만큼 또 있습니다."

150. 왕들은 결코 코끼리와 말과 보병으로써 전쟁하지 말고, 정
     치술과 협상의 강풍에 타격받은 적이 산 속 동굴로 은신하
     게 하라.

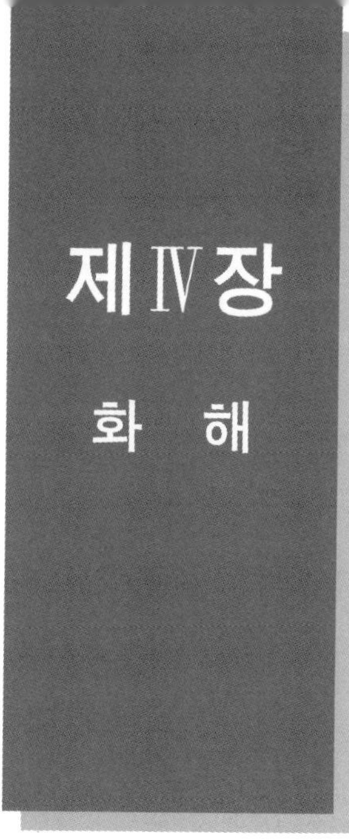

줄기 이야기: 전쟁으로 쌍방의 피해가 커지자 공작왕의 독수리 재상 두라다르시('멀리 보는 자' 라는 뜻)와 백조왕의 재상 짜끄라와까(사르와갸 '一切知者' 라고도 부름)의 중재와 협상으로 두 왕이 평화 협정을 맺다.

제1화: (백조왕의 재상 짜끄라와까)진실한 친구의 바른 충고를 거부함으로써 초래되는 화.

제2화: (제1화 속의 거북이)재난에 대처하는 세 가지 태도.

제3화: (제2화 속의 한 물고기)위기를 임기응변으로 넘기다.

제4화: (제1화 속의 두루미)의외의 사고에 대비해야 한다.

제5화: (독수리 재상)과도한 은혜가 오히려 화를 부를 수 있다.

제6화: (독수리 재상)지나친 욕심이 부른 재앙.

제7화: (독수리 재상)불가능한 것에 대한 몽상이 부른 화.

제8화: (독수리 재상)승리가 불확실할 때에는 힘이 대등해도 화친을 맺는 것이 현명하다.

제9화: (까마귀 메그하와르나)악인의 기만술은 피하기 어렵다.

제10화: (까마귀 메그하와르나)위와 같은 주제.

제11화: (까마귀 메그하와르나)목적의 성취를 위해서는 일시적으로 적을 기쁘게 하는 일도 해야 한다.

제12화: (독수리 재상)사태의 진상을 확인하지 않고 경솔히 화를 내선 안 된다.

제IV장 화 해

위슈누샤르마가 이야기를 하고 있을 때, 왕자들이 말했다.

"스승님, 저희는 전쟁에 대해서 들었습니다. 이제는 화해(평화)에 관한 이야기를 들려주세요."

위슈누샤르마가 답했다.

"화해에 관해서도 이야기해 드리겠으니 잘 들어 보십시요."

1. 두 왕 사이에 커다란 전쟁이 일어나 많은 병사들이 죽어가자 중재자 독수리와 짜끄라와까에 의해 즉시 평화가 이루어졌다.

'그것은 어떤 이야기입니까?' 라고 왕자들이 묻자 위슈누샤르마는 다음과 같은 이야기를 들려주었다.

그때 백조왕이 물었다.

"우리 성곽에 불을 던진 자가 누구일까? 이방인인가, 아니면 적에게 사주받은 성내에 사는 자일까?"

재상 짜끄라와까가 답했다.

"폐하, 폐하의 허물없는 친구인 까마귀 메그하와르나와 그의 보좌관이 보이지 않습니다. 이것은 그의 장난이라고 생각됩니다."

왕은 잠시 생각하더니 이렇게 말했다.

"이건 분명 나의 악운 탓이오."

2. 그것은 신하들의 잘못이 아니라 운명의 탓이다. 아무리 잘 계획된 일도 운이 따라주지 않으면 실패하는 법.

'그러나 이런 말도 있습니다.' 라고 재상이 말했다.

3. 역경에 부딪치면 사람은 운명을 탓한다. 어리석은 자는 자신의 행위에 있어 과오를 모른다.

4. 어리석은 사람은 자신의 이익을 진심으로 원하는 친구의 조언을 달가와하지 않으니, 나무 조각에서 떨어진 어리석은 거북이처럼 멸망하고 만다.

왕이 '그것은 무슨 이야기요?' 라고 묻자 재상이 이야기했다.

제1화: 거북이와 두 마리의 두루미

마가드하 지방에 풀로뜨빨라라는 못이 있었다. 그곳에서 샹까따와 위까따라고 하는 두루미 두 마리가 깜뿌그리와라는 거북이 친구와 오랫동안 함께 살고 있었다. 그러던 어느 날 어부들이 거기 와서 이런 말을 했다.

"오늘은 여기서 묵고, 내일 아침에 물고기와 거북이 따위를 잡자."

이런 말은 듣자 거북이가 두루미에게 말했다.

"어부들의 얘기를 들었지? 이제 우린 어쩌면 좋을까?"

두루미가 대답했다.

"좀더 두고 보지. 그런 다음 아침에 적합한 행동을 취하자."

거북이가 말했다.

"그렇지 않네, 난 여기서 과거에 일어난 일들을 보아 왔네."

5. 아직 닥치지 않은 재앙에 대비하는 자와 임기응변을 가진 자,
이 둘은 번영하지만, 수수방관하는 자는 멸망한다.

두루미가 '그것이 무슨 이야기인가?'고 묻자 거북이는 다음과 같이 얘기했다.

제2화: 세 마리의 물고기

이전에 바로 이 호수에 저들과 같은 어부들이 왔을 때 세 마리의 물고

기들이 모여서 논의했다. 그 중의 하나인 안아가따위드하따[36]라는 물고기는 '나는 다른 못으로 가겠다'고 말한 후 이곳을 떠나 버렸다. 또 다른 물고기인 쁘라띠우뜨빤나마띠[37]는 이렇게 말했다.

"미래에 무슨 일이 벌어질지 알 수 없으니 어디로 가겠는가? 그러므로 위기가 닥치면 그때 상황에 따라 대처하겠네. 왜냐하면 이런 말이 있네."

6. 재난이 발생했을 때 그것을 잘 처리하는 자가 영리한 사람이니, 상인의 아내가 남편의 눈앞에서 정부를 감추는 것과 같다.

다른 물고기 야드브하위슈야가 '무슨 이야기인가?' 라고 묻자 쁘라띠우뜨빤나마띠는 다음과 같이 말했다.

제3화: 상인과 간교한 아내

위끄라마뿌라에 사무드라다따라는 상인이 있었는데, 그의 아내인 라뜨나쁘라브하는 그녀의 하인 중의 한 사람과 밀애를 하고 있었다.

7. 여인을 꺼려하는 자는 없으며, 또 여인들에게 따로 사랑받는 자도 없다. 그들은 마치 숲에서 새로운 풀을 찾는 소와 같이

---

36) Anāgatavidhātā: 미래를 위해 대비하는 자.

37) Pratyutpannamati: 위기가 닥쳤을 때 그것을 피하는 지혜.

언제나 새로운 남자를 갈구한다.

어느날 라뜨나쁘라브하가 그 하인에게 입을 맞추고 있는 모습이 남편 사무드라다따에게 목도되었다. 그러자 그 방종한 부인이 재빨리 그에게로 다가가서 말했다.

"여보, 이 하인이 이상스러워서 냄새를 맡아보았더니 장뇌(녹나무에 함유된 물질)를 훔쳐먹었다는 것을 알았어요."

8. 여인의 식성은 남성의 두 배이며, 지혜는 네 배이고, 인내력은 여섯 배이고, 정욕은 여덟 배이다.

이런 말을 듣자 하인은 화를 벌컥 내면서 말했다.

"마님께서 틈만 나면 하인의 입 냄새를 맡는 이런 집에서 누가 하인 노릇을 하겠어요?"

이렇게 말하고는 걸어나가 버렸다. 상인은 간신히 그 하인을 설득해서 그 집에 붙들어 두었다.

【제2화의 계속】

(물고기 쁘라띠우뜨빠나마띠) "그러므로 '재난이 발생했을 때 ….(6)'라고 말한 것일세"

그러자 야드브하위슈야[38]가 말했다.

9. 일어나지 않게 되어 있는 것은 결코 일어나지 않으며, 일어나게끔 되어 있는 것은 반드시 일어나고야 마는 법. 불안의 독을 제거시키는 이 약을 왜 마시지 않는가?

그 후 아침이 되자 그물에 걸린 쁘라띠우뜨빤나마띠는 죽은 체 가만히 있다가 그물을 거두자 힘껏 뛰어올라 물 속으로 들어갔다. 반면에 야드브하위슈야는 어부에게 잡혀 죽고 말았다.

【제1화의 계속】

(거북이) "그러므로 '아직 닥치지 않은 재앙에 ....(5)' 라고 말한 것일세."

"그러므로 난 오늘 다른 못으로 가려네"

라고 거북이가 말했다.

그러자 두루미들이 이렇게 말했다.

"다른 못에 가면 안전하겠지만, 무슨 수로 육지를 안전하게 건너가겠는가?"

거북이가 답했다.

"내가 자네들과 함께 공중으로 갈 수 있는 길을 생각해 보게."

두루미가 물었다.

"어떻게 그런 방법이 있겠는가?"

---

38) Yadbhaviṣya: '될대로 되라.' 라고 말하는 유형.

거북이가 말했다.

"자네가 부리로 나무 조각을 물고 있으면 내가 그것을 입으로 붙잡겠네. 그러면 자네의 날개의 힘으로 나 역시 쉽게 갈 수 있을 것일세."

두루미들이 말했다.

"좋은 방안이야. 그러나,"

10. 현명한 자는 한 방안을 생각할 때 의외의 사고도 고려해야 하니, 어리석은 두루미의 새끼가 바로 그의 눈앞에서 몽구스에게 잡아 먹혔다.

거북이가 '무슨 이야기인가?' 라고 묻자 두루미는 다음과 같은 이야기를 들려주었다.

제4화: 두루미와 몽구스

북쪽 나라에 그르드하꾸따라는 산이 있었다. 그 근처 아이라와띠 강둑에 무화과 나무가 있었는데, 그곳에 두루미들이 살고 있었다. 그리고 그 나무의 밑둥의 구멍에 뱀 한 마리가 살고 있었는데, 그 뱀은 새끼 두루미를 잡아먹곤 하였다.

하루는 새끼를 잃은 두루미의 통곡 소리를 듣고 한 늙은 두루미가 말했다.

"물고기를 여러 마리 가져다가 몽구스의 집부터 뱀의 구멍까지 한 줄

로 놓거라. 그러면 몽구스가 먹이를 따라 오다가 뱀을 발견하곤 천적 관
계에 의해 뱀을 죽일 것이다.”

그리하여 계획대로 일이 진행되었다. 그런데 몽구스들은 나무에서 새
끼 두루미의 우는 소리를 듣고 나무로 올라가 그들을 잡아먹었다.

【제1화의 계속】

(두루미) “그러므로 ‘현명한 자는 한 방안을 생각할 때 ….(10)’ 라고
말한 것일세.”

“우리들에게 운반되는 자네를 보고서 사람들이 뭐라고 놀릴 걸세. 만
일 그걸 듣고서 대꾸를 했다간 모든 것이 끝장나네. 그러므로 모든 사정
을 고려할 때 여기 그대로 머무는 것이 좋을 것 같네.”

거북이가 대답했다.

“뭐라구? 내가 바보인가? 난 결코 아무 말도 안 하겠네.”

그리하여 계획이 실천에 옮겨졌다. 두루미가 부리로 잡은 나무 조각에
매달려 날아가는 거북이를 보고서 소치기들이 따라가며 놀려댔다. 한
소치기가 ‘저 거북이가 떨어지면 여기서 당장 구어 먹어야지.’ 라고 말
하자, 다른 소치기는 ‘아니, 삶아서 먹어야지’ 라고 말했고, 또 한 소치기
는 ‘집에 가져가서 먹자’ 라고 말했다.

이런 모욕적인 말을 듣자 화가 잔뜩 오른 거북이는 처음의 결심을 잊
고 ‘재나 실컷 먹어라 !’ 라고 대꾸했다. 이런 말을 뱉음과 동시에 거북
이는 땅으로 떨어졌고 소치기들에게 잡혀 죽었다.

(재상 짜끄라와까) "그러므로 '어리석은 사람은 자신의 이익을 ….(4)' 이라고 말씀드린 것입니다."

얼마 후 첩자로 파견되었던 두루미가 돌아와서 말했다.

"폐하, 처음부터 제가 성곽을 잠시도 방심하지 말고 감시해야 한다고 말씀드렸으나 폐하께선 그러지 않으셨습니다. 지금 그 충고를 무시하신 대가를 치르고 계신 것입니다. 요새에 불을 지른 것은 독수리 재상에게 사주받은 까마귀 메그하와르나의 소행입니다."

왕이 한숨을 내쉬며 말했다.

11. 인정 때문에 혹은 친근한 행동에 현혹되어 적을 신뢰하는 사
    람은 나무 꼭대기에서 잠자던 사람이 떨어질 때처럼 파멸에
    봉착해서야 비로소 깨닫게 된다.

첩자가 말했다.

"메그하와르나가 성에 불을 지르고 달아나자 공작왕 찌뜨라와르나는 기뻐하며 '메그하와르나를 까르뿌라드위빠의 왕으로 봉하라.' 라고 말 했습니다."

12. 자신의 의무를 다한 신하(혹은 하인)의 공적을 무시해서는 안
    되니, 마음과 말과 눈빛으로 보답함으로써 그를 기쁘게 해야
    한다.

백조왕의 재상 짜끄라와까가 '그 다음엔 어떻게 되었는가?' 라고 묻자 첩자가 대답했다.

"독수리 재상이 '폐하, 그것은 부당합니다. 다른 은혜를 베푸십시오.' 라고 불만을 표했습니다."

13. 사려가 없는 자에게 조언을 주는 것을 알맹이 없는 벼를 타작하는 것과 같으며, 비천한 자에게 은혜를 하사하는 것은 모래 위에 물을 뿌리는 것과 같다.

"그러므로 미천한 자를 높은 자리에 앉혀서는 안됩니다."

14. 미천한 자가 높은 자리를 얻게 되면 주인을 죽이려 하니, 마치 호랑이가 된 생쥐가 성인을 죽이려 하는 것과 같다.

"찌뜨라와르나가 '무슨 이야기인가?' 라고 묻자 독수리 재상이 다음과 같은 이야기를 했습니다"

제5화: 생쥐와 성인

대성인인 고따마의 고행 숲에 마하따빠스라는 성인이 살고 있었다. 그의 암자 가까이서 그는 까마귀의 부리로부터 떨어진 생쥐를 보았다. 천성적으로 인자하신 그 성인은 그 생쥐를 야생 쌀로 먹여 키웠다. 그러던 어느날 한 고양이가 생쥐를 잡아먹으려 달려오자 생쥐는 성인의 무릎으로 달려가 숨었다. 성인이 '생쥐야, 너는 고양이가 되거라.' 라고 말하자, 신통력에 의해 고양이로 바뀌었다. 어느 날 그 고양이가 개를 보고 달아나자 성인은 다시 '너는 개를 무서워하는가? 그러면 개가 되거라.' 라고 말했다. 이제 개는 호랑이를 두려워했고, 그래서 성인은 개를 다시 호랑이로 바뀌게 했다.

　비록 호랑이라고는 하지만 성인은 그것을 생쥐 이상으로 보지 않았다. 성인과 호랑이를 보고 모든 사람들이 '성인께서 생쥐를 호랑이로 변화시켰다.' 라고 말했다. 이런 말을 듣자 호랑이는 낙담하여 '이 성인이 살아 있는 한 나의 본래 모습에 대한 이 수치스런 말이 사라지지 않을 것이다.' 라고 생각하곤 성인을 죽이고자 했다. 그러자 이런 생각을 안 성인은 '다시 생쥐로 되거라.' 라고 말하여 호랑이를 본래의 모습으로 되돌려 버렸다.

　(독수리 재상) "그러므로 '미천한 자가 높은 자리를 얻게 되면 ….(14)' 이라고 말씀드린 것입니다. 폐하, 그러므로 까마귀 메그하와르나를 왕위에 봉하는 것을 안이하게 생각해선 안됩니다."

15. 여러 종류의 많은 물고기를 집어삼킨 두루미가 지나친 욕심
　　때문에 게에게 잡혀 죽었다.

찌뜨라와르나가 '그것은 무슨 얘기요?'라고 묻자 독수리 재상이 이야
기했다.

제6화: 두루미와 게

말라와 지방에 빠드마가르브하라는 호수가 있는데. 그곳에 늙고 쇠약
한 한 마리 두루미가 낙담스런 모습으로 서 있었다.
그때 어떤 게가 그것을 보고
"왜 당신은 먹이를 구하지 않고 그렇게 서 있기만 하오?"
라고 물었고, 두루미는 이렇게 대답했다.
"친구여, 들어보소. 물고기가 내 생계 수단이 아닙니까? 그런데 마을
부근에서 소문을 들었는데, 어부들이 여기 와서 물고기를 잡을 것이라는
것이요. 양식이 없어지면 나의 죽음도 눈앞에 닥친 것이나 다름없소. 그
걸 생각하니 입맛조차 다 떨어졌소."
이런 말을 듣고 물고기들이 생각했다.
'적어도 이럴 땐 두루미도 우리의 협조자 같이 보인다. 어떻게 하는
것이 최선의 방책인지 그에게 물어보자.'

16. 해를 끼치는 친구보다는 비록 적일지라도 도움이 된다면 동
    맹을 맺어야 하니, 왜냐하면 도움을 주느냐 해를 끼치느냐가
    친구와 적을 구분하는 기준이기 때문이다.

‘두루미여, 우리들이 할 수 있는 무슨 좋은 수가 없겠습니까?’ 라고 물고기가 묻자 두루미가 대답했다.

“좋은 수가 있소. 다른 연못으로 피난가시오. 내가 당신들을 그곳으로 하나씩 운반해 드리리다.”

물고기들은 어부에게 잡혀 죽는 것이 몹시 두려웠기 때문에 ‘그렇게 해주시오.’ 라고 대답했다. 그 후 두루미는 물고리들을 한 마리씩 날라다 먹어버렸다.

그러자 게가 ‘두루미여, 나도 그곳에 데려다 줄 수 없겠소?’ 라고 물었다. 그러자 아직 맛보지 못한 게 고기가 먹고 싶어진 두루미는 그를 운반하여 땅 위에 놓았다. 땅위에 흩어져 있는 물고기의 뼈를 본 게는 속으로 중얼거렸다.

“아차 ! 속았구나. 운이 없군. 그렇다면, 기회를 잡아 대처해야겠다.”

17. 위험은 아직 닥치지 않은 동안엔 두려워해야 하지만, 그것이 이미 도래했을 땐 과감하게 일격을 가해야 한다.

18. 현명한 사람은 공격을 당해서 가만히 있으면 손해라고 판단되면 적과 함께 싸우다 죽는다.

19. 싸우지 않으면 멸망이 확실하고, 싸우면 살아날 가능성이 있을 때, 현명한 자는 지금이야말로 싸울 때라고 선언한다.

이렇게 생각한 게는 두루미의 목을 물어 죽였다.

(독수리 재상) "그러므로 '여러 종류의 많은 물고기를 집어삼킨 … .(19)' 이라고 말씀드린 것입니다."

그러자 찌뜨라와르나 왕이 다시 이렇게 말했다.

"들어보시오. 재상. 나는 이렇게 생각해 보았소. 만일 메그하와르나가 이곳에 왕이 되면 까르뿌라드위빠에서 발견되는 좋은 물건을 모두 우리에게 보낼 것이오. 그러면 나는 윈드흐야산에서 호사스런 생활을 할 수 있을 것이오."

독수리 재상 두라다르시가 미소지으며 말했다.

"폐하 —"

20. 아직 얻어지지 않은 것을 상상만으로 좋아하는 자는 항아리를 깬 바라문처럼 사람들의 경멸을 받는다.

왕이 '무슨 이야기요?' 라고 묻자 재상이 이야기했다.

제7화: 가난한 바라문의 몽상

데와꼬따시에 데와샤르마라는 바라문이 있었다. 어느 때 그는 보리가 가득 든 단지를 선물받았다. 더위에 지친 그는 항아리가 가득 찬 옹기쟁이의 움막 한구석에서 낮잠을 잤다. 생쥐로부터 보리를 지키고자 한 손에 몽둥이를 쥔 채 꿈을 꾸었다.

"이 보리단지를 팔면 열 냥을 벌겠지. 그것을 팔아 여기서 물병이며 단지 등을 사야지. 다시 그것을 팔아 그 돈을 여러 번 굴려 백만장자가 될 때까지 불린 후, 네 명의 여자와 결혼할거야. 그 중 젊고 예쁜 마누라를 더 사랑해 줘야지. 그러면 질투심으로 말다툼을 하겠지. 그러면 난 화가 나서 몽둥이로 이렇게 때려 줄거야."

그는 꿈결에 몽둥이를 휘둘렀다. 그러자 보리가 든 단지와 더불어 옆에 있던 많은 항아리들도 깨져버렸다. 그러자 그 소리를 듣고 달려온 옹기쟁이는 깨어진 항아리들을 보고 바라문을 야단쳐서 움막 바깥으로 쫓아냈다.

줄기 이야기의 계속...

(독수리 재상) "그러므로 '아직 얻어지지 않은 것을 상상만으로 … .(20)' 라고 말씀드린 것입니다."

이런 이야기를 듣고 왕은 독수리 재상에게 물었다.

"재상, 그러면 어찌해야 할지 말해 보시오."

독수리가 말했다.

21. 마치 발정난 코끼리처럼 오만에 사로잡혀 그릇된 길로 가는
    왕이 있을 때 비난은 그의 각료에게 돌아간다.

"폐하, 들어보옵소서. 성을 정복한 것이 우리의 군사력에 의한 것입니까, 아니면 폐하에 의해 주도된 전술 때문입니까?"

왕이 답했다.

"그대의 전술 때문이오."

독수리가 말했다.

"만일 소인의 충언을 참작하신다면 고국으로 돌아가시옵소서. 그렇지 않으면 우기가 닥쳤을 때 대등한 군사력을 가진 자와 다시 전쟁을 할 경우 타지에 머무르고 있는 우리들로선 고국에 돌아가는 것조차 어려워질 수 있습니다. 번영과 영광을 위하여 화친을 맺으옵소서. 성은 정복되었고 명성도 얻었습니다. 그 정도면 흡족하옵니다. 왜냐하면,"

22. 자신의 의무를 우선적으로 고려하여 왕이 좋아하나 싫어하나를 마음쓰지 않고 비록 비위에 거슬릴지라도 진실을 말하는 자, 그가 왕에게 도움을 주는 자이다.

23. '전쟁에선 때때로 쌍방이 모두 파멸할 수 있으니, 불확실한 모험을 하지 말라' 라고 브르하스빠띠는 말했다.[39]

24. 바보가 아닌 그 누가 전쟁에서 동맹군과 왕국과 자기 자신과 명예를 불확실성의 그네 위에 올려놓겠는가?

25. 전쟁에서의 승리란 불확실한 것이니, 동등한 자와도 화친이

---

39) 신들의 스승.

바람직하다. 동등한 힘을 가진 우빠순다가 서로를 파괴하지
않았던가?

왕이 '그것은 어찌된 이야기요.?' 라고 묻자 재상이 이야기했다.

제8화: 두 악귀와 빠르와띠 여신

옛적에 형제지간인 순다와 우빠순다라는 두 악신이 삼계(땅과 허공과
하늘, 즉 우주)를 지배하겠다는 욕심으로 오랫동안 몸의 고통을 감내하면
서 쉬와신에 대한 예배에 헌신했다. 그러자 쉬와신은 마음이 흡족해져
서 그들에게 원하는 은혜가 무엇인지 물었다. 그러자 둘은 그들을 통제
하고 있는 사라스와띠 여신의 영향력으로 인하여 의도했던 것과 전혀 다
른 것을 말해 버렸다. 그들은 이같이 말하였다.

"만일 지존자께서 저희 둘을 어여삐 여기신다면 부인이신 빠르와띠를
주옵소서."

그러자 지존자는 화가 났지만 은전을 베풀기로 약속한 터라 할 수 없
이 생각이 모자라는 그들에게 빠르와띠를 주었다. 그 후 세계의 파괴자
이며, 죄악과 어둠을 대표하는 두 악귀는 그녀의 아름다움에 사로잡혀
각자가 그녀가 자기 것이라고 말하면서 다투기 시작했다.

그러자 그들은 한 재판관에게 이 사건을 묻기로 합의하였고, 쉬와신이
늙은 바라문의 모습으로 그곳에 와서 그들 앞에 섰다. 그러자 둘은 바라
문에게 물었다.

"저희들은 이 여신을 우리의 힘으로 얻었습니다. 그녀는 우리 둘 가운데 누구의 소유입니까?"

바라문이 말했다.

26. 바라문(사제계급)은 그 학식이 뛰어날 때 존경받으며, 끄샤뜨리야(무사계급)는 힘이 있을 때, 와이샤(생산자 계급)는 재물과 곡식을 많이 가질 때, 슈드라(노예계급)는 윗사람을 잘 받들 때 존경받는다.

"그런데 너희 둘은 끄샤뜨리야의 의무를 따르는 자들이다. 그러므로 싸움이야말로 너희 둘의 규칙이다."

이렇게 선언하자 용맹이 서로 대등한 두 악귀는 '말씀 참 잘 하셨습니다.' 라고 말하자마자 동시에 서로를 공격했고 둘 다 죽었다.

줄기 이야기의 계속...

(독수리 재상) "그러므로 '전쟁에서의 승리란 불확실한 것이니 ….(25)' 라고 말씀드렸던 것입니다"

공작왕이 말했다.

"왜 진작 그렇게 말씀하지 않았소."

재상이 답했다.

"폐하께서 소인의 충언을 끝까지 들으셨습니까? 그렇다면 이 전쟁은

시작되지도 않았을 것입니다. 백조왕 히란야가르브하는 전쟁이 아니라
동맹을 맺기에 적합한 덕을 지녔습니다."

27. 진실한 자, 고귀한 마음을 가진 자, 의로운 자, 비천한 마음을
가진 자, 많은 친족을 가진 자, 많은 전투에서 승리를 거둔
자, 이 일곱은 동맹을 맺기에 적합하다라고 말해졌다.

28. 진실한 자는 언제나 진리에 충실하며, 동맹을 맺은 후엔 변
절하지 않을 것이다. 고귀한 마음을 가진 자는 그의 생명이
위협받을지라도 결코 비열하게 행동하지 않을 것이다.

29. 의로운 왕은 침공을 당할 때 모두가 싸울 것이다. 의로운 자
는 백성들의 그에 대한 사랑과 왕 자신의 의로움 때문에 패
망시키기 어렵다.

30. 멸망이 임박할 때는 비천한 자와도 동맹을 맺어야 한다. 왜
냐하면 그의 도움이 없이는 고귀한 자도 시간을 연장시킬 수
없기 때문이다.

31. 미처 기시넝쿨로 빽빽히 뒤덮힌 대나무가 다른 식물과의 연
합 때문에 그런 것처럼 많은 친지들과 연합된 자도 패망시킬
수 없다.

32. 나보다 강자와 싸워야 한다는 지침은 병서의 어디에도 없으
    니, 구름은 결코 바람을 거슬러 가지 못한다.

33. 자마다그비의 아들(빠라슈라마, 도끼의 명수)과 같이 많은 전투
    에서 승리한 자에게는 모두가 어느 곳에서나 언제나 항복하
    기 마련이다.

34. 많은 전투에서 승리한 자와 동맹을 맺은 그에게 적들은 빨리
    굴복한다.

"그러므로 많은 덕을 갖춘 이 왕과는 화친함이 마땅합니다."

- 백조왕의 진영 -

짜끄라와까가 두루미 디르그하무카에게 말했다.

"첩보원, 우리는 모든 것을 알았다. 지금 가서 더 많은 정보를 수집해
오라."

왕이 짜끄라와까에게 물었다.

"재상, 누가 화친을 맺어선 안 되는 자이오? 짐은 그 또한 알고자 하
오."

재상이 답했다.

"폐하, 소인이 그에 대해 말씀드리겠습니다. 들어보옵소서."

35. 어린아이, 노인, 만성질병을 가진 자, 자신의 계급으로부터
    축출된 자, 겁쟁이, 겁많은 신하를 가진 자, 탐욕스런 자, 탐
    욕스런 신하를 가진 자,

36. 부하에 애정이 없는 자, 쾌락을 지나치게 탐하는 자, 각료들
    의 의견을 받아들이는데 변덕스러운 자, 신들과 바라문들을
    비방하는 자,

37. 운명의 저주를 받은 자, 숙명주의자, 기근의 재앙을 당한 자,
    자신의 군대로부터 위협을 받는 자,

38, 39. 자기의 나라에 있지 않은 자, 많은 적을 가진 자, 때를 만
    나지 못한 자, 진실과 다르마로부터 떠난 자, 이들 이십 종의
    사람(혹은 왕)들은 화친을 맺어선 안되며, 오직 싸움만을 해야
    한다. 왜냐하면 이들은 싸움을 하면 언제건 적의 수중에 들
    어가기 때문이다.

40. 이린 왕은 힘이 작기 때문에 세상은 그를 위해 싸우고자 하
    지 않는다. 나이 어린 자는 전쟁과 평화의 결실을 이해할 수
    없다.

41. 노인과 만성질환을 잃는 자는 무기력하므로 이 둘은 분명 자
    신의 부하에 의해 정복당한다.

42. 모든 친척들에 의해 따돌림당한 자는 쉽게 패망한다. 바로
    그 친척들은 정복하고 나면 그를 죽인다.

43. 겁쟁이는 전투를 포기하므로 스스로 멸망한다. 마찬가지로
    겁약한 부하를 가진 자는 전투에서 그들로부터 버림받는다.

44. 탐욕스런 왕은 전리품을 분배하지 않기 때문에 그 부하들은
    그를 위해서 싸우지 않는다. 또 탐욕스런 부하들을 가진 왕
    은 전리품을 얻지 못할 땐 그들에 의해 살해당한다.

45. 부하에게 애정이 없는 자는 전투에서 그들에 의해 버림받으
    며, 쾌락을 지나치게 탐하는 자는 쉽게 공략 당한다.

46. 각료들의 의견을 받아들이는데 변덕스러운 자는 대신들의
    미움을 산다. 그의 마음의 불안정으로 인해 중요한 문제에서
    그들에게 무시당한다.

47. 신들과 바라문들을 비방하는 자는 운명의 저주를 받은 자와
    마찬가지로 다르마의 지고한 힘 때문에 스스로 멸망한다.

48. 운명에 의존하는 자는 운명이야말로 번영과 몰락의 원인이
    라고 생각하여 자신을 위해서조차 움직이지 않는다.

49. 기근의 재앙을 만난 자는 자멸하며, 자기 군대로부터 위협받
　　는 자는 전쟁을 시작할 수 없다.

50. 나라 밖에 머무는 왕은 하찮은 적에게도 쉽게 피살당할 수
　　있으니, 마치 악어가 비록 작아도 물 속에 들어온 힘센 코끼
　　리를 잡아당길 수 있는 것과 같다.

51. 많은 적을 가진 자는 많은 매들 가운데 한 마리 비둘기처럼
　　겁에 질려서 어느 길로 가든 곧바로 죽는다.

52. 때 아닌 때에 군사를 소집하는 자는 적시에 싸우는 자에게
　　죽임을 당하니, 밤에 다니는 까마귀가 한밤에 볼 수 있는 올
　　빼미에게 당하는 것과 같다.

53. 진실과 다르마를 버리는 자와는 동맹을 맺어선 안 된다. 비
　　록 동맹에 의해 승리를 얻을지라도 그의 불성실성으로 인해
　　머지 않아 변절하기 때문이다.

"좀 더 말씀을 올리겠습니다. 화친을 맺음 · 전쟁 · 진격 · 시기를 기다
리기 · 숨을 곳을 찾기 · 기만술, 이것이 여섯 가지 요소입니다. 행동을
착수하는 수단을 찾기 · 인력과 재력의 구비 · 장소와 시간의 구분 · 재
난에 대한 대비 · 목적성취, 이것이 참모회의의 다섯 가지 요소입니다.
화해 · 조공(朝貢) · 분열책 · 응징, 이것들이 네 가지 방편입니다. 카리스

마적 인격의 힘·참모의 힘·군대와 재정의 힘, 이것이 왕권의 세 가지 힘입니다. 항상 이 모든 것을 깊이 살피고 나서 승리를 원하는 왕은 위대하게 되옵니다.”

    54. 생명을 버리는 대가로도 얻어지지 않는 왕국의 번영은, 비록 변덕스러워도 정치술에 통달한 자의 집으로 달려간다.

    55. 부는 공평하게 배분하고, 첩자는 잘 은닉시키며, 모의는 비밀을 유지하고, 거친 말을 하지 않는 그가 바다와 접한 대지를 다스린다.

“폐하, 설사 대재상인 독수리가 화친을 제안할지라도 공작왕은 이번의 승리에 대한 자만으로 그에 동의하지 않을 것입니다. 그러므로 이와 같이 하옵소서. 스리랑까 섬의 두루미 왕이자 우리의 친구인 마하발라로 하여금 잠부드비빠에 동요를 일으키옵소서. 왜냐하면”

    56. 잘 조직된 군사와 함께 극비리에 진군하는 용장은 적을 괴롭혀야 한다. 그럼으로써 꼭같이 괴롭힘 당하는 자는 괴롭힘 당하는 자와 화친을 맺을 것이다.

왕은 이 계획에 동의하여 위찌뜨라라는 두루미에게 비밀서한을 주어 스리랑까 섬에 파견했다.

그 후 첩자가 돌아와서 말했다.

"폐하, 그곳의 사태에 대해 들어보옵소서."

- 공작왕의 진영 -

(독수리 재상) "폐하, 까마귀 메그하와르나는 그곳에 오랫동안 머물렀으므로 히란야가르브하 왕이 화친을 맺을 만한 덕을 갖추었는지 아닌지 알 것입니다."

그러자 공작왕이 물었다.

"까마귀여, 히란야가르브하는 어떤 왕인가? 또 짜끄라와까는 어떤 재상인가?"

그러자 까마귀가 답했다.

"폐하, 히란야가르브하 왕은 유드히슈티라와[40] 같이 큰 도량을 지녔고 짜끄라와까 같은 재상은 어디에서도 보기 어렵습니다."

그러자 왕이 말했다.

"만일 그렇다면 어떻게 그가 그대에게 기만당했는가?"

메그하와르나가 미소지으며 말했다.

"폐하 —"

54. 믿음을 주는 자들을 속이는데 무슨 재주가 필요할 것이며,
    무릎 위에 기대어 잠든 자를 죽이는 데 무슨 무용이 필요한
    가?

---

40) 『마하브하라따』에서 빤두의 다섯 형제 가운데 맏형.

"들어보옵소서, 폐하. 재상은 소인을 처음 보자마자 알았습니다. 그러
나 이 왕은 도량이 컸고, 그 때문에 소인에게 기만당했습니다. 그러므로
이런 말이 있습니다.

58. 자기에 비추어 악인이 진실을 말하는 자라고 생각하는 사람
은 바라문이 염소에 대해 그러한 것처럼 악인에게 기만당한
다.

왕이 '그 이야기를 해 보라.' 고 말하자 까마귀가 말했다.

제9화: 바라문과 염소

어떤 바라문이 고따마의 숲에서 제사를 시작했다. 그가 제사를 위한
염소를 다른 마을에서 사 가지고 어깨에 짊어지고 가고 있는데 세 불한
당이 그것을 목격했다. 그러자 그 불한당들은 만일 그 염소를 무슨 수단
을 써서 얻을 수 있다면 그들의 기지가 뛰어날 것이라고 생각하고는 세
나무 밑에 약 2킬로 간격으로 서서 바라문이 도착하길 기다렸다. 드디어
바라문이 지나가자 한 불한당이 말했다.
"오 −, 바라문이시여. 왜 그대의 어깨에 개를 짊어지고 가십니까?"
바라문이 대답했다.
"이것은 개가 아니라 제사용 염소라오."
그 다음 나무에 서 있던 불한당이 같은 말을 했다. 그 말을 듣자 바라

문은 염소를 땅에 내려놓고는 거듭 살펴본 후에 어깨에 짊어지고 심란한
마음으로 걸었다. 그러므로 ...

> 59. 착한 사람조차도 악한의 말을 들으면 마음이 동요된다. 그런
>   말을 신뢰하는 사람은 낙타 찌뜨라까르나처럼 죽음을 당하
>   리라.

왕이 '그 이야기를 해보라.' 고 하자 까마귀가 이야기를 시작했다

제10화: 사자와 낙타, 까마귀, 호랑이 그리고 재칼

어느 숲 지역에 마도뜨까따라는 사자가 있었다. 그는 까마귀와 호랑이
와 재칼, 세 부하를 두고 있었다. 어느날 그들이 배회하고 있는데 무리
로부터 벗어난 한 마리의 낙타를 보았고, 어디서 왔느냐고 그에게 물었
다. 낙타는 사정을 얘기했다. 그들은 그를 사자에게 데려가서 보였다.
사자는 그에게 안전을 약속하곤 찌뜨라까르나라는 이름을 내리고서 함
께 머물도록 했다. 그런데 어느 때에 사자는 몸의 질병과 심한 비로 인해
먹을 것을 구하지 못하고 실의에 빠져 있었다.

그러자 그들은 이렇게 생각했다.

'우리의 주인님께서 찌뜨라까르나를 죽이도록 일을 꾸미자. 가시나
먹는 자가 우리와 무슨 상관인가?'

호랑이가 말했다.

"어르신께서 안전의 약속을 베푸셨는데 어떻게 그럴 수 있겠는가?"
까마귀가 말했다.
"어르신께선 요즘 못 잡수셔서 수척해 있으므로 죄라도 지을 것이네.
왜냐하면"

60. 굶주림에 시달린 여인은 그녀의 자식조차 버리며, 굶주림에
    시달린 암뱀은 자기 알도 먹는다. 굶주린 자가 무슨 악인들
    저지르지 못하겠는가? 사람은 굶주리면 잔인하게 된다.

61. 술취한 자, 경솔한 자, 지친 자, 성난 자, 굶주린 자, 탐욕스런
    자, 겁쟁이, 급한 일에 말려든 자, 사랑에 빠진 자, 이들은 다
    르마를 알지 못한다.

이렇게 생각하곤 사자에게로 찾아갔다.
사자가 물었다.
"뭔가 요기 거리를 좀 구했는가?"
그들이 대답했다.
"노력해 보았지만 아무 것도 구하지 못했습니다."
사자가 말했다.
"그렇다면 이제 살 방법이 무엇인가?"
까마귀가 답했다.
"어르신의 수중에 있는 음식도 내버려둠으로써 우리 모두가 죽음의
문턱에 있습니다."

사자가 물었다.

"무엇이 나의 수중에 있는 음식인가?"

까마귀가 그의 귀에 소근거렸다.

"찌뜨라까르나입니다."

사자는 땅을 만진 후 두 귀를 만지고는 말했다.

"안전의 약속을 하고서 우리와 함께 머무는 것이다. 어떻게 그럴 수 있겠는가?"

62. 그 시여(施與)가 땅이던, 금이던, 손이던, 음식이던 모든 시여 가운데 안전의 시여가 가장 큰 시여라고 말한다.

63. 피난처를 구하여 온 자를 올바로 방호해줄 때 그 과보는 모든 욕망을 충족시켜 주는 마제(馬祭)의[41] 과보와 같다.

까마귀가 말했다.

"어르신께선 그를 죽이지 않아도 됩니다. 그가 스스로 자기 몸을 주도록 우리가 만들겠습니다."

사자는 듣고 나서 침묵을 지켰다. 그로써 기회를 얻은 까마귀는 계략을 꾸며 가지고 낙타를 포함한 모두를 데리고 사자에게로 갔다.

그러자 까마귀가 말했다.

"어르신. 노력해 보았지만 음식을 구하지 못했습니다. 나으리께선 여러 날 굶으셔서 쇠약해져 있습니다. 그러므로 이제 저의 살을 드십시오.

---

41) Aśvamegha: 말을 제물로 바치는 제사.

왜냐하면"

64. 모든 신하들은 실로 왕을 뿌리로 삼는다. 나무가 뿌리를 가
  질 때 사람은 노력의 결실을 맺는다.

사자가 대답했다.

"여보게, 이런 짓을 하느니 차라리 생명을 포기하는게 낫네."

재칼도 같은 말을 하자 사자는 '그러지 말라' 고 답했다.

이어서 호랑이도 말했다.

"어르신, 소인의 몸을 자십시요."

사자가 대답했다.

"그런 말은 결코 하지 마라."

그러자 찌뜨라까르나도 신뢰감이 생겨 자기 몸을 보시하겠다고 말했
다. 그러자마자 바로 호랑이가 낙타의 옆구리를 물어 죽였고 모두가 낙
타를 먹어 치웠다.

【제9화의 계속】

그 후 세 번째 불한당의 말을 듣고서 바라문은 자기의 생각이 착오라
고 단정짓고는 염소를 버리고서 목욕을 하곤 집으로 갔다. 그 염소는 그
불한당들이 가져가서 먹었다.

(까마귀 메그하와르나) "그러므로 '자기에 비추어 악인이 진실을 말하는 ….(58)' 라고 말씀드린 것입니다."

왕이 물었다.

"메그하와르나여, 어찌하여 그대는 적들 가운데서 오랫동안 머물 수 있었으며, 또 어떻게 그들의 호의를 살 수 있었는가?"

메그하와르나가 대답했다.

"폐하, 폐하의 일을 원하는 자로서 혹은 자신의 목적을 가진 자로서 무엇을 못하겠습니까? 보옵소서."

65. 세상사람들은 태우기 위한 땔감을 머리에 이고 운반하지 않는가? 강물의 흐름은 나무 뿌리를 씻어 주기도 하지만 그것을 파괴하기도 한다.

66. 지혜로운 자는 목적을 성취하기 위해 적도 어깨 위에 짊어지고 운반하니, 마치 개구리가 늙은 뱀에게 살해되는 것과 같다.

왕이 말했다.

"그 얘기를 해 보라."

메그하와르나가 이야기했다.

제11화: 늙은 뱀과 개구리

지르노드야나에 만다위샤라는 늙은 뱀이 있었다. 그는 너무 늙어서 자신의 먹이조차 찾을 수 없어 연못의 뚝에 쓰러져 누워있었다. 그러자 멀리서 어떤 개구리가 그를 발견하고선 이렇게 물었다.

"당신은 왜 먹이를 구하지 않습니까?"

뱀이 대답했다.

"물러가게, 친구. 나의 불운에 대해 알아 봤자 무엇하겠는가?"

호기심이 일어나 개구리가 기필코 얘기해 달라고 조르자 뱀이 말했다.

브라흐마뿌라에 까운딘야의 아들이 있었다. 그는 약관 20세에 모든 덕을 갖춘 학식 있는 바라문이었다. 그런데 운 나쁘게도 당시 살기가 가득 찬 나에게 물렸다. 이름이 수실라인 아들의 죽음을 보자 까운딘야는 기절하여 땅에 쓰러졌다. 그러자 브라흐마뿌라에 살고 있던 그의 모든 친족들이 그곳에 와서 앉았다.

> 67. 전쟁에서나 역경에서나 기근이 들 때나, 왕국이 몰락할 때나, 궁궐의 문에서나, 화장터에서나 옆에 지켜서 있는 자, 그가 바로 친족이다.

그들 가운데 베다의 학습과정을 막 끝낸 까뻴라가 말했다.

"오 —, 까운딘야님. 당신은 이성을 잃었습니다. 그러니 그토록 슬퍼하는 것입니다. 들어 보십시요."

68. 무상함이란 마치 산파처럼 태어난 자를 처음 가슴에 품으며,
    그 다음에 어머니이니, 무엇을 슬퍼하리오.

69. 병사들과 호위병 그리고 전차들을 가진 권력자들은 어디로
    갔으며, 그들의 몰락을 목격한 대지는 아직도 있는가?

70. 이 신체는 매순간마다 소멸되지만 관측되지 않는다. 그러나
    마치 물에 넣은 굽지 않은 물단지처럼 죽을 때에 눈이 보인
    다.

72. 죽음은, 이제 처형장으로 끌려가는 수인(囚人)의 한 걸음 한
    걸음처럼 하루하루 사람에게로 다가온다.

73. 젊음도 아름다움도 생명도 축적된 재물도 번영과 사랑하는
    사람과 함께함도 무상하니, 현자는 그것들에 미혹되지 않는
    다.

74. 마치 바다에서 두 쪽의 나무토막이 만나며 만났다가 다시 떨
    어지듯이 인간의 만남도 그와 같다.

75. 마치 나그네가 그늘에 멈추어 휴식을 취한 후 다시 여행을

떠나듯 인간의 만남도 그와 같다.

76. 다섯 요소(지·수·화·풍·공)로 구성된 신체에 죽음이 오면
각각이 본래의 상태로 돌아가는 것이니 무엇을 슬퍼하리오.

77. 마음에 즐거움을 주는 성적 결합의 숫자만큼 그 사람의 심장
엔 비애의 작살이 꽂힌다.

78. 어느 누구도 자기의 신체조차와도 영원한 동반이 있을 수 없
는데 하물며 그 어떤 다른 것과랴.

79. 태어남이 불가피한 죽음의 도래를 지시하듯이, 만남은 헤어
짐의 가능성을 지시한다.

80. 연인과의 만남은, 잠깐은 즐겁지만 마치 해로운 음식물을 먹
은 것처럼 나중엔 매우 두렵다.

81. 마치 강물의 흐름이 가버리고 다시는 돌아오지 않듯이, 낮과
밤은 언제나 사람의 수명을 데리고 가버린다.

82. 좋은 사람과의 만남이란 윤회의 세계에서 최고의 즐거움을
주지만, 헤어짐으로 끝나는 것이므로 괴로움의 머리 위에 놓
인 것이다.

83. 그러므로 선인(善人)은 좋은 사람과의 만남을 바라지 않으니,
헤어짐의 칼에 의한 마음의 상처엔 약이 없기 때문이다.

84. 사가라(고대인도의 왕) 등의 왕들에 의한 행위는 훌륭하지만,
이제 그 행위도 그들도 모두 망각에 묻혀 버렸다.

85. 저 죽음의 무서운 형벌을 거듭 생각하면 지혜로운 사람의 모
든 노력들은 마치 빗물에 젖은 깃털의 매듭처럼 하늘거린다.

86. 세상사람이 모태에 머무는 바로 첫날 밤, 그 후부터 그는 잠
시의 지체도 없이 날마다 죽음에 가까이 다가간다.

"그러므로 윤회의 세계를 올바로 이해하는 사람에겐 슬픔이란 무지의
연장일 뿐입니다. 보십시오."

87. 만일 무지가 원인이 아니고 헤어짐이 원인이라면 날이 감에
따라 슬픔이 증대되어야 한다. 어떻게 줄어들겠는가?

"그러므로 친구여, 자신을 생각하십시오. 슬픔에 깊이 빠지지 마십시
오. 왜냐하면"

88. 갑자기 일어나며, 일어날 때마다 새롭고, 심장을 꿰뚫듯이
아픈 커다란 슬픔의 상처에 대해선 생각하지 않는 것이 최선

의 치유법이다.

그러자 이런 말을 듣고서 까운딘야는 정신을 차린듯이 일어나서 말했다.

"이제 집이라는 지옥에서 사는 것은 충분하다. 숲으로 가련다."

까빌라는 다시 이렇게 말했다.

89. 과오는 탐욕에 사로잡힌 자들을 숲에서조차도 지배하고, 집에 있을지라도 오관을 제어하면 그것이 곧 고행이다. 탐욕을 제어한 사람에겐 집이 곧 고행 숲이니, 그는 비난받지 않는 행위 가운데로 나아간다.

90. 어떤 아쉬라마(삶의 단계)에 있던 그 사람은 비록 괴로울지라도 모든 중생을 평등하게 대하면서 다르마를 행해야 한다. 겉으로 보이는 신분의 표시가 다르마 실행의 원인이 아니다.

91. 다만 생명을 유지하기 위해 먹고, 자손의 번식을 위해 성애를 나누며, 진실을 알리기 위해 말을 하는 사람들은 어떤 어려움도 극복한다.

92. 진아(眞我)는 강이고, 자제력은 성스런 목욕을 위한 계단이며, 진실은 그 물이고, 좋은 성품은 둑이고, 연민심은 물결이다. 빤두의 아들이여, 그곳에 목욕하라. 내적인 자아란 물리

93. 생·노·병·사의 괴로움에 지배되어 있는 이 공허한 윤회
    의 세상을 포기한 자에게 평온이 있다.

94. 이 윤회적 세계에 오직 고(苦)만이 있을 뿐이며 낙은 없다.
    왜냐하면 그것이 관찰되기 때문이다. 낙이라는 명칭은 고에
    시달리는 사람에게서 그것을 제거할 때 작용된다.

까운딘야가 말했다.
"바로 그렇소."
그 후 비탄에 잠긴 바라문이 '오늘부터 그대는 개구리의 운반자가 될
것이다.' 라고 저주를 내렸다.
그러자 까삘라가 말했다.
"지금 당신은 충고를 감당할 수 없습니다. 당신의 마음은 슬픔으로 눌
려 있습니다. 그럴지라도 해야 할 것에 대해 들어보십시오."

95. 어울림은 무슨 방법으로든 떠나야 한다. 만일 포기할 수 없
    을 땐 어진 사람과 사귀어야 한다. 어진 사람과의 사귐은 세
    속의 슬픔에 대한 치료약이기 때문이다.

96. 욕망은 모든 노력으로써 피해야 한다. 만일 피할 수 없거든
    해탈에 대해 욕망해야 한다. 그런 욕망은 세속적 욕망에 대

한 치료약이기 때문이다.

"그 말을 들은 후 까삘라의 가르침의 감로수에 의해 슬픔이 진정된 까운딘야는 수행승이 되었고, 나는 바라문의 저주로 개구리를 운반하며 여기 누워 있소."

그 후 그 개구리는 잘라따라라는 이름의 개구리왕에게 가서 그 사실을 얘기했다. 그러자 개구리왕이 그곳에 와서 뱀의 등에 올라탔다. 뱀은 그를 등에 태우고는 우아한 몸놀림으로 배회했다. 다음날 뱀이 움직이지 못하는 것을 보고 개구리왕이 말했다.
"왜 그대는 오늘 그렇게 천천히 움직이는가?"
뱀이 대답했다.
"대왕님, 먹을 것이 없어서 움직일 수 없습니다."
개구리왕이 말했다.
"나의 명령에 따라 개구리를 먹게나."
그러자 '이 크나큰 은혜를 받들겠습니다.' 라고 말하고선 그는 개구리들을 차례차례 먹어 치웠다.
그 후 개구리가 없는 못을 보고서 뱀은 개구리왕도 먹어 치웠다.

(까마귀 메그하와르나) "그러므로 '지혜로운 자는 목적을 성취하기

위하여 ….(66)' 라고 말했습니다.”

“폐하, 이제 옛날에 일어난 일을 얘기하는 것은 그만 하옵소서. 화친을 맺기에 매우 적합한 이 히란야가르브하 왕과 화친을 맺어야 한다는 것이 소인의 견해입니다.”

공작왕이 말했다.

“그대의 이 생각은 무슨 뜻인가?”

“우리는 전쟁에서 그에게 승리했습니다. 그러므로 그가 우리의 가신(家臣)으로 산다면 그렇게 하도록 하옵소서. 그렇지 않으면 우리는 다시 전쟁을 벌일 것입니다.”

바로 그때 잠부드비빠로부터 온 앵무새가 말했다.

“스리랑까의 사라사 왕이 잠부드비빠를 침공하여 그곳에 머무르고 있습니다.”

왕이 당혹하여 말했다.

“뭐라고?”

앵무새가 반복하여 말했다.

독수리가 혼자 중얼거렸다. ‘모든 것을 아는 자(사르와갸) 짜끄라와까 재상, 잘 했소. 참 잘했소.’

왕이 화가 나서 말했다.

“그 자가 거기 그대로 있으라고 해라. 당장 가서 그 자를 끝내 주겠다.”

독수리 재상 두라다르시가 미소지으면서 말했다.

97. 가을 구름처럼 헛되이 천둥소리만 요란해선 안되니, 대인은

타인에게 자신이 추구하는 것과 추구하지 않는 것을 함부로
노출하지 않는다.

98. 왕은 동시에 많은 적(침략자)들과 전쟁해서는 안되니, 도도한
코브라도 많은 벌레들의 공격에는 반드시 죽음을 당한다.

"폐하, 왜 화친을 맺지 않고 떠나십니까? 그럴 경우 우리가 떠난 후 히
란야가르브하가 반란을 일으킬 것입니다."

79. 사태의 진상을 확인하지도 않고 화를 내는 자는 경솔한 바라
문이 그의 몽구스 때문에 그런 것처럼 후회하리라.

왕이 말했다.
"그 얘기를 해보오."
두라다르시가 얘기했다.

제12화: 바라문과 몽구스

우자이니에 마드하와라는 바라문이 살고 있었는데, 그의 부인이 아기를
분만했다. 그녀는 갓난아기를 지키기 위해 바라문 남편에게 맡기고서 목
욕하러 나갔다. 그런데 그 바라문에게 왕으로부터 빠르와나 슈랏드하(죽
은 조상에게 보름에 한번씩 드리는 제사)에 드릴 제물을 준다는 초청이 왔

다. 그 소식을 듣자 태생이 가난했던 탓에 바라문은 이렇게 생각했다.

"만일 내가 빨리 가지 않으면 다른 누군가 제물을 가져갈 것이다. 왜
냐하면"

100. 취해야 할 것, 주어야 할 것, 해야 할 것을 빨리 완수하지 않
으면 시간이 그 정수를 빨아먹어 버린다.

'그러나 여기 애기를 돌봐줄 자가 아무도 없다. 어찌해야 할까? 애라
모르겠다. 오랫동안 내가 돌봐왔고 내겐 아들과 같은 이 몽구스에게 애
기를 돌보라 맡기고 나는 나가겠다.'

그는 그렇게 하고 갔다. 몽구스는 애기 가까이로 오고 있는 검은 뱀을
보고서 그것을 죽이고 토막내 버렸다. 몽구스는 바라문이 오는 것을 보
고서 입과 발이 피로 범벅이된 채 그에게 달려가서 발 밑에 뒹굴었다. 그
러자 바라문은 그런 상황을 보고서 몽구스가 애기를 잡아먹었다고 단정
짓고는 죽여버렸다. 바라문이 들어가 애기를 보자 애기는 잘 있었고 뱀
은 죽어 있었다. 그에게 도움을 준 몽구스를 보고서 비통한 심정에 사로
잡혔다.

(독수리 재상) "그러므로 '사태의 진상을 확인하지도 않고 ….(79)' 라
고 말씀드린 것입니다."

101. 애욕·분노·어리석음·탐욕·허영·오만 이 여섯 가지를
버려야 한다. 이들을 버릴 때 그 사람은 행복해진다.

왕이 말했다.
"재상, 이것이 그대의 결심이오?"
재상이 답했다.
"그렇습니다. 왜냐하면"

102. 중요한 일에 대한 기억·신중함·사고·결단·확고함·모
의의 비밀을 지킴, 이것이 대신의 중요한 덕이다.

103. 성급히 일을 수행해선 안 되나니, 사려없음은 재난이 가장
좋아하는 거처이다. 번영은 스스로 그 덕에 이끌려 신중히
행동하는 자를 선택한다.

"그러므로 만일 소인의 충언을 따르신다면 화친을 맺고 가셔야 하옵
니다."

104. 목표의 성취를 위해 네 가지 수단이 지적되었지만 그것들의
결실은 단지 숫자일 뿐 진정한 성취는 화해에서 확립된다.[42]

왕이 물었다.
"어떻게 그것이 가능하겠소?"

---

42) 네 가지란 이미 앞에서 언급된 화해, 조공, 분열책, 응징을 가리킨다.

재상이 답했다.

"폐하, 그것은 신속히 이루어질 것입니다."

    105. 무지한 자는 쉽게 화해되며, 뛰어난 지자는 더욱 쉽게 화해
         된다. 그러나 작은 지식으로 허세를 부리는 사람은 브라흐
         마신조차도 비위를 맞추지 못한다.

"히란야가르브하 왕은 다르마를 알고 있으며, 재상은 박식한 자입니다. 소인은 이것을 메그하와르나의 말로부터 그리고 그들이 이룬 일을 보아서 알 수 있습니다."

    106. 어떤 경우건 눈에 보이지 않은 덕의 작용은 행동으로부터
         추리된다. 그러므로 보이지 않는 곳에 있는 사람의 행위는
         덕이라는 결실에 의해 드러난다.

그러자 공작왕이 말했다.

"토의는 충분하오. 뜻한 바대로 수행하시오."

이와 같이 토의한 후에 독수리 대재상은 '합당한 것을 하겠습니다' 라고 말하곤 성안으로 갔다.

- 백조왕의 진영 -

그러자 첩자 두루미가 와서 히란야가르브하 왕에게 알렸다.

"폐하, 대재상 독수리가 화친을 맺고자 우리에게 오고 있나이다."

백조왕이 말했다.

"재상, 그의 동맹자도 이리로 올지 모르겠소."

사르와갸가 웃으며 말했다.

"폐하, 이것은 의심의 여지가 없습니다. 왜냐하면 두라다르시는 대인입니다. 어느 땐 전혀 의심하지 않다가 어느 땐 모든 것을 다 의심하는 것은 어리석은 사람의 행동입니다."

107. 밤에 호수에서 연꽃 줄기를 찾고 있던 백조가 연꽃 줄기를 바로 구분할 수 없어 여러 번 별빛의 반사에 속자 낮에도 그것이 별빛이라고 의심하여 흰 연꽃을 먹지 않는다. 세상 사람도 한번 사기꾼에게 놀라면 진실조차도 악으로 의심한다.

108. 악인에게 기만당한 사람은 성인에게도 신뢰를 주지 못하니, 빠야샤(쌀과 설탕을 넣고 끓인 우유)에 덴 아이가 요구르트를 불어서 먹는 것과 같다.

"폐하, 그러므로 힘이 닿는 한 예를 갖추어 보석이며 다른 선물 꾸러미를 준비하도록 하옵소서."

그와 같이 이루어지자 짜끄라와까는 존경의 표시로 성문에서 독수리 재상을 영접하여 안으로 모셨고 왕을 알현한 후 독수리 재상은 준비된 자리에 앉았다.

짜끄라와까가 말했다.

"당신은 여기 있는 모든 것의 주인이십니다. 이 왕국을 원하시는대로 향유하십시오."

백조왕이 말했다.

"바로 그렇습니다."

두라다르시가 말했다.

"바로 그렇습니다. 이젠 더 이상 말이 필요 없습니다."

109. 탐욕스런 자는 재물로써, 고집스런 자는 합장(공경)으로써,
     어리석은 자는 비위를 맞춤으로써, 현자는 경우에 맞게 함
     으로써 그 마음을 잡아야 한다.

110. 친구는 진실로써, 친족은 반가운 영접으로써, 아내와 하인
     은 선물과 융숭한 대우로써, 다른 사람들은 예의로써 얻어
     야 한다.

"그러므로 이제 커다란 권력을 가진 찌뜨라와르나 왕과 평화조약을
맺어야 합니다."

짜끄라와까가 말했다.

"평화조약을 맺는 방식에 대해 말해 보시오."

백조왕도 말했다.

"평화조약에 어떤 종류가 있소."

독수리재상이 대답했다.

"제가 말씀드리겠습니다. 들어보옵소서."

111. 더 강한 적의 공격을 받아 다른 방도가 없이 곤궁에 빠진 왕
은 시간을 벌기 위해 화친을 요청해야 한다.

112. 까빨라 · 우빠하라 · 상따나 · 상가따 · 우빤야사 · 쁘라띠까
라 · 상요가 · 뿌르샨따라

113. 아드르슈따나라 · 아디슈따 · 아뜨마디슈따 · 우빠그라하 ·
빠리끄라야 · 웃찬나 · 빠라브후샤나

114. 스깐드호빠네야, 이들 열 여섯이 화친의 방식으로 열거되
었다. 그러므로 평화조약 전문가들도 열 여섯가지 화친을
말한다.

115. 대등한 조건에서 이루어진 화친이 까빨라이며, 한편의 조
공(朝貢)에 의해 이루어지는 것이 우빠하라이다.

116. 결혼에서 딸의 선사가 전제되는 화친이 상따나이고, 현인
들에 의해 우정에 바탕을 두고 맺어지는 것이 상가따이다.

117, 118. 상가따 화친은 수명이 있는 한 지속되며, 양편의 이익
이 평등하고 번영에서나 역경에서나 결렬되지 않는다. 그
것은 금과 같이 뛰어나므로 다른 화친의 전문가들에 의해
깐짜나라고도 불리운다.

119. 자신의 목적의 성취를 위하여 이루어지는 것을 우빤야사라
고 부른다.

120. 나는 그에게 은혜를 베풀었으니 그는 그것에 보답할 것이
다, 이런 원리에서 이루어진 화친이 쁘라띠까라이다.

121. 라마와 수그리와의 경우와 같이 나는 그에게 도움을 줄 것
이다. 그러면 그도 나에게 똑같이 해줄 것이다. 이러한 의
도로 이루어진 것도 쁘라띠까라라고 불리운다.

122. 하나의 공통된 목적을 지향하며 양편의 조건이 잘 들어맞
을 때 그것을 상요가라고 부른다.

123. 이익이 중요한 장군들에 의해 보장되어야 한다는 합의에
바탕한 화친이 뿌루샨따라이다.

124. 적이 어느 한 편만이 목적(이익)을 달성할 조건을 규정한 화
친이 아드르슈따나라라고 한다.

125. 힘이 센 적이 상내방에게 땅의 일부를 내놓으라는 조건으
로 맺어진 화친을 아디슈따라고 한다.

126. 자기의 군사와 맺는 화친을 아뜨마디슈따라고 하며, 목숨

을 구하기 위해 모든 것을 적에게 양도하는 것이 우빠그라
하이다.

127. 다른 재산을 지키기 위해 재산의 일부, 혹은 반 혹은 전부를
내놓은 것을 빠리끄라야(보상)이라고 한다.

128. 매우 중요한 땅을 포기하고 맺은 화친을 웃찬나라고 하며,
땅에서 나는 모든 수확을 양도할 때 빠라브후샤나(적의 장식
물)이라고 한다.

129. 어깨에 짊어질 수 있을 정도의 한정된 결실(수확)을 줌으로
써 맺어진 화친을 전문가는 스깐드호빠네야(어깨에 짊어진)
라고 부른다.

130. 상호 도움을 주는 것(쁘라띠까라), 우정에 바탕을 둔 것(상가
따), 친족관계에 바탕한 것(상따나), 선물에 의한 것(우빠하
라), 이 네 가지가 진정한 화친이다.

131. 나의 견해로는 우빠하라 하나만이 진정한 화친이고, 다른
모두는 우의가 없는 것들이다.

132. 침략자는 힘이 있으므로 뭔가를 획득하지 않고는 돌아가지
않는다. 그러므로 우빠하라 외에 다른 화친은 없다.

백조왕의 재상 짜끄라와까가 말했다.

"들어보십시오."

133. 이것은 나의 친족이고 저것은 남이다라고 계산하는 것은 소
     인의 마음이니, 대인은 세상사람을 그의 가족으로 여긴다.

134. 남의 아내를 자신의 어머니처럼, 남의 재물을 흙덩이처럼,
     모든 생명을 자기자신처럼 여기는 그가 바로 현자이다.

백조왕이 말했다.

"그대는 위대한 현자이오. 여기서 우리가 해야할 것이 무엇인지 가르
쳐주시오."

재상이 답했다.

"아 ―. 왜 그렇게 말씀하시옵니까?"

135. 심적 혹은 신체적 고통으로 인하여 오늘 죽을지 내일 죽을
     지 모를 몸뚱이를 위해 누가 불의를 행할 것인가?

136. 생명이란 실로 물에 비친 달그림자처럼 불안정하다. 그와
     같은 것이라고 알고서 항상 덕행을 지어야 한다.

137. 윤회의 세계란 신기루처럼 찰라에 소멸하는 것임을 알고
     다르마와 행복을 위해 어진 사람과 사귀어야 한다.

"소인의 소견으로는 그것(어진 자와의 동맹)만이 할 일이옵니다. 왜냐하면,"

138. 만일 천 번의 마제(馬祭)와 진실의 무게로 달아보면 진실이
천 번의 마제보다 더 무겁다.

"그러므로 두 왕 사이에 진실을 원리로 하는 깐짜나 화친을 맺도록 하옵소서."
사르와갸가 말했다.
"그렇게 하옵소서."
그러자 백조왕에게 합당하게 예우를 받은 재상 두라다르시는 매우 기뻐하였고 짜끄라와까와 함께 공작왕의 어전으로 갔다. 그곳에서 독수리 재상의 요청으로 공작왕 찌뜨라와르나는 정중한 태도로 사르와갸와 회담을 하고 선물을 받았다. 사르와갸는 평화협정을 맺은 후 백조왕의 어전으로 돌아왔다.
두라다르시가 말했다.
"폐하, 우리들은 원하던 바를 이루었습니다. 이제 빈드흐야 산에 있는 우리들의 보금자리로 돌아 가옵소서."
그리하여 그들 모두는 고국으로 돌아가 마음 깊이 바랐던 평화를 누렸다.

스승 위슈누사르마가 말했다.
"왕자님, 무슨 얘기를 더 해 드릴까요? 말씀해 보십시오."

왕자들이 답했다.

"스승님의 은혜로 나라를 통치하는데 필요한 여러 가지 지식을 알게 되어 우리는 매우 기쁘옵니다."

위슈누샤르마가 말했다.

"그럴지라도 마지막으로 이만큼만 더 말씀드리겠습니다."

139. 평화가 모든 승전(勝戰)의 왕들에게 기쁨이 될지며,

어진 사람이 재앙에서 벗어날지며,

착한 사람들의 영예가 언제나 증대할 지며,

치세학(治世學)이 마치 미희(美姬)처럼 지도자들의 마음 속에

머물면서 그 입에 입맞춤하기를,

그리고 하루하루 커다란 기쁨 속에 지내기를 !

140. 히말라야의 딸(빠르와띠, 쉬와의 부인)의 사랑이 머무는 한, 초
생달이 그 머리에 빛나는 쉬와신에 존속하는 한, 락슈미가
구름 속에 번쩍이는 번개처럼 위슈누의 마음 속에서 유희
하는 한, 거대한 산불을 닮은 그리고 태양이 그 불꽃인 메루
산이 존속하는 한, 나라야나가 지은 이 우화집이 길이길이
세상에 전해지기를 !

141. 이 우화집이 만들어지고 출간토록 힘써주신 광영스런 드하
왈라짠드라 왕께서 부디 적들을 무찌르시기를 !

श्रीमन्माधवचन्द्राश्रितेन श्रीनारायणपण्डितेन संगृहितो

हितोपदेशः ।

नारायण बालकृष्ण गोडबोले

काशीनाथ पाण्डुरङ्ग परब

इत्येताभ्यां

विषमपदविमर्शिन्या टिप्पण्या समेतः संस्कृतः ।

तृतीयं संस्करणम् ।

स च

शाके १८११ वत्सरे

मुम्बय्यां

निर्णयसागरयन्त्रालयाधिपतिना

मुद्रितः ।

부 록

- 서 장

सर्वद्रव्येषु विद्यैव द्रव्यमाहुरनुत्तमम् ।
अहार्यत्वादनर्घत्वादक्षयत्वाच्च सर्वदा ॥ ४ ॥

4. sarva-dravyeṣu vidyaiva dravyam āhur anuttaram,

    ahāryatvād anarghyatvād akṣayatvāc ca sarvadā.

[낱말풀이]

sarva: *adj.* '모든'. dravyeṣu: dravya *n.* '사물, 실체, 재물', *pl. Lo..*
vidyaiva→vidyā-eva: vidyā *f.* '학문', *sg. No..* eva: *ind.* '실로, ～야 말로'.
dravyam: dravya 상동, *sg. No..* āhur: √āha '말하다', *3. pl. pres..*
anuttaram: anuttara *adj.* '위없는, 무상의, 최고의', *n. sg. No..* ahāryatvād
→～t: a- 부정의 접두사; ḥaryatva, √hṛ '빼앗다, 취하다', hārya, *fpp.* '빼
앗길 수 있는' 의 추상명사, '빼앗길 수 있는 것', a-hāryatva, '빼앗길 수
없는 것', *n. sg. Ab..* anarghyatvāt: an- 부정의 접두사; arghyatva, √argh

'값을 매기다', arghya *fpp.* '값을 매길 수 있는' 의 추상명사; an-arghyatva, '값을 매길 수 없는 것', *n. sg. Ab.*. akṣayatvāc→~t: a- 부정의 접두사; kṣayatva, √kṣi, '파괴하다, 멸망하다, 죽이다', akṣaya *adj.* '파괴될 수 없는, 소멸될 수 없는' 의 추상명사, '소멸될 수 없는 것', *n. sg. Ab.*. sarvadā: *ind.* '언제나, 항상'.

[국역]

4. 학문이야말로 모든 재산 가운데서 최고의 재산이라고 말한다. 왜냐하면 [그것은] 빼앗길 수 없는 것이고, 값을 매길 수 없는 것이고, 언제나 소진되지 않는 것이기 때문이다.

'अनेकसंशयोच्छेदि परोक्षार्थस्य दर्शकम् ।
सर्वस्य लोचनं शास्त्रं यस्य नास्त्यन्ध एव सः ॥ १० ॥

10. aneka-saṃśayocchedi parokṣārthasya darśkam,

   sarvasya locanaṃ śāstraṃ yasya nāsty andha eva saḥ.

[낱말풀이]

aneka: an- 부정의 접두사; eka *car.num.* '하나' 의 부정, '많은, 다수'. saṃśayocchedi→ saṃśaya-ucchedi: saṃśaya *m.* '의심'; ucchedi, ut-√chid '자르다', uc-ched-in *adj.* '자르는, 파괴하는, 해결하는', *sg. No.*, '자르는 것, 해소해주는 것'. parokṣārthasya→ paraḥ-akṣa-arthasya: paraḥ *ind.* '너머에, 그 이상에, 저편에' ; akṣa *m. n.* '감각기관' ; arthasya, artha

m. '대상', *sg. Ge..* darśakam: darśaka *n.* '보여주는 자', *sg. No..* sarvasya:
sarva *adj.* '모든', *sg. Ge..* locanaṃ→~m: locana *n.* '눈', *sg. No..*
śāstram→~m: śāstra *n.* '경전, 학문, 논서', *sg. No..* yasya: ya rel.*pron.*,
sg. Ge.. nāsty→na-asti: na *ind.* '아니' ; asti, √as, '이다, 있다', *3. sg. pres..*
andha→andhaḥ: andha *m.* '맹인', *sg. No..* saḥ: ta *dem.pro n.* '그것, 그,
그녀', *m. sg. No..*

[국역]

> 10. 학문은 수많은 의심의 파괴자이고, 보이지 않는 대상을 보여
>   주는 것이며, 모든 것의 눈이니 그것(=학문)이 없는 그는 실로
>   맹인과 같다.

वरमेको गुणी पुत्रो न च मूर्खशतान्यपि ।
एकश्चन्द्रस्तमो हन्ति न च तारागणोऽपि च ॥ १७ ॥

17. varam eko guṇī putro na ca mūrkha-śatāny api,

    ekaś candras tamo hanti na ca tārā-gaṇo' pi ca.

[낱말풀이]

varam: *ind.* '더 나은, 더 좋은'. eko→ekaḥ: *car.num.* eka '하나', *m. sg.*
No.. guṇī: *adj.* guṇin '덕스러운, 훌륭한', *m. sg. No..* putro→putraḥ: putra
m. '아들', *sg. No..* na: *ind.* '아니', 영어의 'not' 과 같은 역할을 함. ca:
ind. '그리고'. mūrkha-śatāny→~i: mūrkha *m.* '바보' ; śatāni, śata

car.num. '백', *n. pl. No.* '백 명의 바보들'. api: *ind.* '또한, 비록~일지라도, 조차도'. ekaś→ekaḥ: 상동(上同). candraḥ: candra *m.* '달', *sg. No..* tamo→tamaḥ: tamas *n.* '어두움', *sg. No..* hanti: √han '죽이다, 때리다', *3. sg. pres..* tārā-gaṇo→tārā-gaṇaḥ: tārā *f.* '별' ; gaṇaḥ, gaṇa *m.* '무리', *sg. No..*

[국역]

17. 어리석은 자식이 백 명일지라도 한 명의 훌륭한 아들보다 못하다. 하나의 달은 어두움을 소멸시켜도 [수많은] 별들의 무리는 그렇지 못하다.

अनभ्यासे विषं विद्या अजीर्णे भोजनं विषम् ।
विषं सभा दरिद्रस्य वृद्धस्य तरुणी विषम् ॥ २२ ॥

22. anabhyāse viṣam vidyā ajīrṇe bhojanam viṣam,

    viṣam sabhā daridrasya vṛddhasya taruṇī viṣam.

[낱말풀이]

anabhyāse: an- 부정의 접두사; abhyāsa *m.* '숙련, 연습', an-abhyāsa, '비숙련, 무연습', *sg. Lo..* viṣam→viṣam: viṣa *n.* '독', *sg. No..* vidyā: *f.* '학문, 지혜', *sg. No..* ajīrṇe: ajīrṇa *n.* 소화불량, *sg. Lo..* bhojanam→ bhojanam: bhojana *n.* '음식, 식사', *sg. No..* sabhā: *f.* '모임', *sg. No..* daridrasya: daridra *f.* '가난', *sg. G..* vṛddhasya: vṛddha '증대된, 강화

된, 늙은', √vṛdh '성장하다' 의 *ppp., m. sg. G..* taruṇī: *f.* '젊은 여인'
sg. No..

22. 학문은 숙달되지 않은 것(설익은 것)일 때 독이 되고, 음식은
    소화되지 않은 것일 때 독이 되며, 모임은 가난한 사람에게 독
    이 되고, 젊은 여인은 늙은이에게 독이 된다.

30. na daivam api saṃcintya tyajed udyogam ātmanaḥ,
    anudyogena tailāni tilebhyo nāptum arhati.

[낱말풀이]

na: *ind.* '부정의 의미'. daivam: daiva *n.* '운명, 행운', *sg. No..* api: *ind.*
'~일지라도, 또한'. saṃcintya: sam-√cint '생각하다, 의도하다, 계획하
다', *conj. part..* tyajed→~t: √tyaj '포기하다, 버리다', *3, sg. opt..*
udyogam: udyoga *m.* '노력', *sg. Ac..* ātmanaḥ: ātman *m.* '자아, 자기', *sg.*
Ge.. anudyogena: an-udyoga, *m.* '무노력', *sg. In..* tailāni: taila *n.* '기름',
pl. Ac.. tilebhyo→~yaḥ: tila *m.* '참깨', *pl. Ab..* āptum: √āp '얻다', *inf..*
arhati: √arh '에 적합하다, ~가치가 있다', *3. sg. pres..*

[국역]

30. 설사 행운을 의중에 두었을지라도 자신의 노력을 포기해선 안
된다. 노력 없이 참깨로부터 기름이 얻어질 수는 없다.

32. yathā hy ekena cakreṇa na rathasya gatir bhavet,
enaṃ puruṣa-kāreṇa vinā daivaṃ na sidhyati.

[낱말풀이]

yathā: *ind.* '마치 ~과 같이'. hy→hi: *ind.* '실로, 왜냐하면'. ekena: eka *car.num.* '하나', *sg. In..* cakreṇa: cakra *n.* '바퀴, 원반', *sg. In..* rathasya: ratha *m.* '수레, 전차', *sg. G..* gatir→gatiḥ: gati *f.* '운동, 나아감, 길, 행운', *sg. No..* bhavet: √bhu '~이다, 되다', *3. sg. opt..* evaṃ→evam: *ind.* '그와 같이'. puruṣa-kāreṇa: puruṣa *m.* '남자, 사람' ; kāreṇa, kāra *m.* '행동, 생산자', *sg. In..* vinā: *ind.* '~이 없이' (구격지배). daivaṃ→daivam: *n.* '운명, 행운', *sg. No..* sidhyati: √sidh '이루다, 성취하다', *3. sg. pres..*

[국역]

32. 마치 수레가 하나의 바퀴로 움직일 수 없는 것과 같이 행운은
사람의 행동(=노력) 없이 성취되지 않는다.

41. kācaḥ kāñcana-saṃsargād dhatte mārakatīṃ dyutim,

　　tathā sat-saṃnidhānena mūrkho yāti pravīṇatām.

[낱말풀이]

kācaḥ: kāca *m.* '유리', *sg. No..* kāñcana-saṃsargād→~t: kāñcana *n.*
'금' ; saṃsargāt, saṃsarga *m.* '결합, 접촉', *sg. Ab..* dhatte: √dhā '놓다,
부여하다, 만들다, 받다', *3. sg. pres..* mārakatīṃ→~m: marakata *m.* '에
메랄드', mārakata *adj.* '에메랄드 빛의', *f. sg. Ac..* dyutim: duyti *f.* '아름
다움, 광채', *sg. Ac..* tathā: *ind.* '그와 같이'. sat-saṃinidhānena: sat, √as
'이다, 있다', *pres.part.* '참된, 바른, 덕스러운', 혹은 명사로서 '진실한 사
람, 현자' ; saṃnidhanena, saṃnidhāna m. '접촉, 가까이 있음', *sg. In..*
mūrkho→mūrkhaḥ: mūrkha m. '바보, 어리석은 사람', *sg. No..* yāti: √yā
'가다, 도달하다', *3. sg. pres..* pravīṇatām: pravīnatā f., pravīṇa *adj.* '영리
한' 의 추상명사 '영리함', *sg. Ac..*

[국역]

　41. 유리가 금과 접촉함으로써 에메랄드의 빛을 띠우듯이 어리석
　　은 사람은 현자와 가까이 함으로써 지혜롭게 된다.

46. yathodaya-girer dravyaṃ saṃnikarṣeṇe dīpyate,

tathā sat-saṃnidhānena hīna-varṇo' pi dīpyate.

[낱말풀이]

yathodayagirer→yathā-udaya-gireḥ: yathā ~ tathā, *ind.* '마치 ~과 같이 그렇게' ; udaya *m.* '해나 달이 떠오름' ; gireḥ, giri *m.* '산', *sg. Ge..* dravyṃ→~m: dravya *m.* '사물', *sg. No..* saṃnikarṣeṇa: saṃ-ni-karṣa *m.* '근접, 가까움', *sg. In..* dīpyate: √dīp '빛나다', *3. sg. pres..* sat-saṃnidhānena: 41 참조. hīna-varṇo→~naḥ: hīna, √hā '버리다, 포기하다', *ppp.* '버려진, 낮은' ; varṇaḥ, varṇa *m.* '부족, 카스트', *sg. No..* api: *ind.* '~일지라도, 또한'.

[국역]

46. 마치 물체가 동쪽 산에 있음으로써 [아침 햇빛에] 빛나듯이 신분이 미천한 사람일지라도 진실한(혹은 덕 있는) 사람과 사귐으로써 빛나게 된다.

- 제 1 장

제2화: 사슴과 재칼과 까마귀

॥ कथा २ ॥

अस्ति मगधदेशे चम्पकवती नामारण्यानी । तस्यां चिरान्महता
स्नेहेन मृगकाकौ निवसतः । स च मृगः स्वेच्छया भ्राम्यन्हृष्टपु-
ष्टाङ्गः केनचिच्छृगालेनावलोकितः । तं दृष्ट्वा शृगालोऽचिन्तयत्—
'आः, कथमेतन्मांसं सुललितं भक्षयामि । भवतु । विश्वासं ताव-
दुत्पादयामि ।' इत्यालोच्योपसृत्याब्रवीत्—'मित्र, कुशलं ते ।'
मृगेणोक्तम्—'कस्त्वम्।' स ब्रूते—'क्षुद्रबुद्धिनामा जम्बुकोऽहम्।
अत्रारण्ये बन्धुहीनो मृतवन्निवसामि । इदानीं त्वां मित्रमासाद्य
पुनः सबन्धुर्जीवलोकं प्रविष्टोऽस्मि । अधुना तवानुचरेण मया स-
र्वथा भवितव्यम् ।' मृगेणोक्तम्—'एवमस्तु ।' ततः पश्चादस्तंगते
सवितरि भगवति मरीचिमालिनि तौ मृगस्य वासभूमिं गतौ । तत्र
चम्पकवृक्षशाखायां सुबुद्धिनामा काको मृगस्य चिरमित्रं निवसति।
तौ दृष्ट्वा काकोऽवदत्—'सखे चित्राङ्ग, कोऽयं द्वितीयः ।' मृगो
ब्रूते—'जम्बुकोऽयम्। अस्मत्सख्यमिच्छन्नागतः ।' काको ब्रूते—
मित्र, अकस्मादागन्तुना सह मैत्री न युक्ता । तथा चोक्तम्—

अज्ञातकुलशीलस्य वासो देयो न कस्यचित् ।
मार्जारस्य हि दोषेण हतो गृध्रो जरद्ध्वः' ॥ ९६ ॥

तावाहतुः—'कथमेतत् ।' काकः कथयति—

[원문 1]

[원문 2]

[원문 3]

[원문 1]

asti magadha-deśe campakavatī nāma-āraṇyānī. tasyāṃ cirān mahatā

snehena mṛga-kākau nivasataḥ. sa ca mṛgaḥ svecchayā bhrāmyan hṛṣṭa-

puṣṭa-aṅgaḥ kenacic-chṛgālena-avalokitaḥ. taṃ dṛṣṭvā śṛgālo' cintayat.

'āḥ, katham etan māṃsaṃ sulalitaṃ bhakṣyāmi. bhavatu. viśvāsaṃ tāvad utpādayāmi' ity ālocyopasṛtyābravīt.

[낱말풀이]

asti: √as '이다, 있다', *3. sg. pres..* magadha-deśe: magadha *prop.n.* '마가드하' (지명); deśe, deśa m. '지방, 지역', *sg. Lo..* campakavatī: *prop.n.* '짬빠까와띠' (숲의 이름). nāma: *ind.* '~라 이름하는'. āraṇyānī: āraṇya *adj.* '숲, 숲에서 자라는', *f. sg. No..* tasynām→~m: ta *dem.pron.* '그, 그녀, 그것', *f. sg. Lo..* cirān→~t: *ind.* '오랫동안'. mahatā: mahat *adj.* '커다란, 위대한', *m. sg. Ins..* snehena: sneha *m.* '애정, 우정', *sg. Ins..* mṛga-kākau: mṛga *m.* '사슴' ; kāka m. '까마귀', *du. No.* '사슴과 까마귀가(병열복합어)'. nivasataḥ: ni-√vas '살다, 머물다', *3. sg. pres..* sa→saḥ: ta *dem.pron., m. sg. No..* ca: *ind.* '그리고'. mṛgaḥ: mṛga *m.* '사슴', *sg. No..* svecchayā→sva-icchayā: sva *adj.* '자신의, 스스로의' ; icchayā, icchā *f.* '욕망, 바람', *sg. Ins.* '자기의 뜻대로'. bhrāmyan: √bhram '배회하다, 방랑하다', *pres.part. sg. No..* hṛṣṭa-puṣṭa-aṅgaḥ: hṛṣṭa, √hṛṣ '기뻐하다, 털이 촘촘히 나다, 꼿꼿이 서다', *ppp.* ; puṣṭa, √puṣ '잘 먹이다, 살찌우다', *ppp.* ; aṅgaḥ, aṅga *n.* '사지, 가지', *sg. No.,* '털이 촘촘히 나고 살찐 사지를 가진(소유복합어)'. kenacic→~t: kiñcit *indef.pron.* '어떤 자, 어떤 것', *m./n. sg. No..* chṛgālena→śṛgālena: śṛgāla *m.* '재칼', *sg. Ins..* avalokitaḥ: ava-√lok '바라보다', *ppp. sg. No..* taṃ→tam: ta *dem.pron., m. sg. Ac..* dṛṣṭvā: √dṛś '보다', *conj.part.* '보고나서'. acintayat: √cint '생각하다', *3. sg. Imp..* āḥ: *interj.* '아—'. kathaṃ→~m: *ind.* '어떻게'. etan→~t: eta *dem.pron.* '이것, 이 남자, 이 여자', *n. sg. No./Ac..* māṃsaṃ→~m:

māṃsa *n.* '고기', *sg. No./Ac..* sulalitaṃ→~m: su-√lal '놀다, 유희하다', sulalita *ppp.* '맛좋은, 살이 잘 찐, 연한', *sg. Ac..* bhakṣyāmi: √bhakṣ '먹다', *1. sg. pres..* bhavatu: √bhū '~이다, ~이 되다', *3. sg. Imper.* '그렇게 하라, 좋다'. viśvāsaṃ→~m: viśvāsa *m.* '신뢰, 믿음', *sg. Ac..* tāvad→~t: *ind.* '~만큼, ~한, 우선, 적어도'. utpādayāmi: ut-√pad(pad, '가다, 움직이다') '일으키다', *1. sg. caus..* '내가 일으키다'. ity→~i: ind. '~라고'. ālocya: ā-√loc(√loc '보다') '생각하다', *conj.part..* upasṛtya: upa-√sṛ(√sṛ '가다') '가까이 가다', *conj.part..* abravīt: √brū '말하다', *3. sg. impf..*

[국역]

마가드하 지방에 짬빠까와띠라고 부르는 숲이 있었다. 그곳에서 사슴과 까마귀가 오랜 동안 깊은 우정을 갖고 살고 있었다. 그런데 털에 윤기가 흐르고 살찐 사슴이 자유롭게 배회하고 있던 중, 한 재칼에게 발견되었다. 그 [사슴]을 보자 재칼이 생각했다. '아ㅡ, 어떻게 저 맛있는 고기를 먹을까? 옳지, 먼저 신뢰감이 일어나도록 하자.' 이렇게 생각하고 나선 [사슴에게] 접근하여 말을 걸었다.

[원문 2]

'mitra, kuśalaṃ te.' mṛgenoktam — 'kas tvam.' sa brūte — 'kṣudrabuddhi-nāmā jambuko' ham. atrāraṇye bandhuhīno mṛtavan nivasāmi. idānīṃ tvāṃ mitram āsādya punaḥ sabandhur jīva-lokaṃ praviṣṭo' smi. adhunā tavānucareṇa mayā sarvathā bhavitavyam.'

mṛgenoktam — 'evam astu'. tataḥ paścād astaṃgate savitari bhagavati marīcimālini tau mṛgasya vāsabhūmaṃ gatau.

[낱말풀이]

mitra: *n.* '친구', *sg. Vo..* kuślaṃ→~m: kuśala *n.* '행복, 건강, 번영', *sg. No./Ac..* te: tvad, *pers.pron.* '너, 당신', *sg. Da./Ge.*(축약형). mṛgeṇa: mṛga *m.* '사슴', *sg. Ins..* uktam: √vac '말하다', *ppp. n. sg. No..* kas→~ḥ: ka *inter.pron.* '누구?', *m. sg. No..* tvam: tvad *pers.pron.* '너, 당신', *sg. No..* sa→saḥ: ta *dem.pron.* '그것, 그, 그녀', *m. sg. No..* brūte: √brū '말하다', *3. sg. pres..* kṣudrabuddhi: *prop.n.* '끄슈드라붇드히'. nāmā: nāman *n.* '이름', *m. sg. No.*(소유복합어). jambuko→~kaḥ: jambuka *m.* '재칼', *sg. No..* aham: mad *pers. pron.* '나', *sg. No..* atra: *ind.* '여기에'. āraṇye: āraṇyam *n.* '숲', *sg. Lo..* bandhu-hīno(o→aḥ): bandhu *m.* '친족, 친구'; hīnaḥ, hīna, √hā '버리다', *ppp. m. sg. No.* '~이 없이'. mṛtavan→~vat: *ind.* mṛta, √mṛ '죽다', *ppp.*, -vat, '~과 같이'. nivasāmi: ni-√vas '살다, 머물다', *1. sg. pres..* īdānīm→~m: *ind.* '지금, 이제'. tvāṃ→~m: tvad 상동, *sg. Ac..* mitra: mitra *n.* '친구', *sg. No./Ac..* āsādya: ā-√sad '앉다, 접근하다, 만나다, 발견하다', *conj.part..* punaḥ: *ind.* '다시'. sabandhur→~ḥ: sa- 소유나 동반을 뜻하는 접두사; bandhu 상동, *m. sg. No.* '친구가 있는, 친구를 가진' (소유복합어). jīva-lokam→~m: jīva *m.* '생명, 삶, 개아'; loka *m.* '세계, 세상', *sg. Ac..* praviṣṭo→~ṭaḥ: pra-√viś '들어가다', *ppp. m. sg. No..* asmi: √as '~이다, 있다', *3. sg. pres..* adhunā: *ind.* '이제, 지금'. tava: tvad *pers.pron. 2. sg.* '너, 당신', *Ge..* anucareṇa: anucara *m.* '동반자, 추종자', *sg. Ins..* mayā: mad *pers.pron. sg.* '나', *Ins..* sarvathā:

ind. '전적으로'. bhavitavyam: √bhū '~이다, ~이 되다', *fpp. n. sg. No.*. mṛgena: mṛga *m.* '사슴', *sg. No.*. uktam: √vac '말하다', *ppp. sg. No.*. evam: *ind.* '그와 같이, 그렇게'. astu: be동사 √as *3. sg. imper.*. tataḥ: *ind.* '그 후, 그로부터'. paścād→~t: *ind.* '후에, 뒤에'. astaṃ-gate: astam, asta *m.* '서산', *sg. Ac.*, ;gate, √gam '가다', *ppp. sg. Lo.*. savitari: savitṛ *m.* '태양', *sg. Lo.*. bhagavati: bhagavat *m.* '지존, 지고한 자', *sg. Lo.*. marīci-mālini: marīci *f.* '빛' ; mālini, mālin *adj.* '화환을 두른, 옷을 입은', *sg. Lo.*. tau: ta *dem.pron.* '그것, 그, 그녀', *du. No./Ac.*. mṛgasya: mṛga 상동, *sg. Ge.*. vāsa-bhūmiṃ→~m: vāsa *m.* '집, 거주' ; bhūmim, bhūmi *f.* '대지, 땅' , *sg. Ac.*. gatau: √gam 상동, *ppp. du. No./Ac.*.

[국역]

'친구여, 안녕하시오?' 사슴이 말했다. '당신은 누구시오?' 그가(=재칼) 답했다. '나는 끄슈드라붇드히라 부르는 재칼입니다. 이 숲에서 친지 하나 없이 죽은 듯 살고 있습니다. 이제 당신을 친구로 얻어서 다시 친구가 있는 세상에 들어갔습니다. 이젠 나는 기필코 당신과 함께 할 것입니다.' 사슴이 말했다. '그렇게 하십시오.' 그 후 빛의 화환을 두른 고귀한 태양이 기울어지자 그 둘은 사슴의 거처로 갔다.

[원문 3]

tatra campaka-vṛkṣa-śākhāyāṃ subuddhi-nāmā kāko mṛgasya cira-mitraṃ nivasati. tau dṛṣṭvā kāko' vadat — 'sakhe citrāṅga, ko' yaṃ dvitīyaḥ'. mṛgo brute — 'jambuko' yam. asmat-sakhyam icchann āgataḥ'.

kāko brūte — 'mitra, akasmād āgantunā saha maitrī na yukta. tathā
coktam —

'ajñāta-kula-śīlasya vāso deyo na kasyacit,

mārjārasya hi doṣeṇa hato gṛdhro jaradgavaḥ.'

tāv āhatuḥ — 'katham etat. kākaḥ kathayati.

[낱말풀이]

tatra: *ind.* '그곳에'. campaka-vṛkṣa-śākhāyāṃ→~m: campaka *prop.n.*
'짬빠까', vṛkṣa *m.* '나무' ; śakhāyām, śkhā *f.* '가지', *sg. Lo..* subuddhi-
nāmā: subuddhi *prop.n.* '수붇드히' ; nāmā, nāman *n.* '이름', *m. sg.
No.*(소유복합어로서 kāko에 일치). mṛgasya: 상동. cira-mitram→~m:
cira *adj.* '오랜' ; mitram *n.* '친구', *sg. No..* nivasati: ni-√vas '살다, 머물
다', *3, sg. pres..* tau: 상동. dṛṣṭvā: √dṛś '보다', *conj.part..* kāko→~ḥ: kāka
m. '까마귀', *sg. No..* avadat: √vad '말하다', *3. sg. impf..* sakhe: sakhi *m.*
'친구', *sg. Vo..* citrāṅga: *prop.n.* '찌뜨랑가'. ko→kaḥ: ka *inter.pron.* '누
구, 무엇', *m. sg. No..* ayaṃ→~m: idam *dem.pron.* '이것, 이 분', *m. sg.
No..* dvitīyaḥ: dvitīya *ord. num.* '두 번째', *m. sg. No..* mṛgo→~gaḥ:
mṛga *m.* '사슴', *sg. No..* brūte: √brū '말하다', *3. sg. pres..* jambuko→~
kaḥ: jambuka *m.* '재칼', *sg. No..* asmat-sakhyam: asmat, asmad
pers.pron. 1. pl. '우리들' ; sakhyam, sakhya *n.* '우정', *sg. Ac..* icchann→
icchan→icchat: √iṣ '원하다, 욕망하다', *pres.part. sg. No..* āgataḥ: ā-
√gam '오다', *ppp. sg. No..* akasmād: *ind.* '우연히, 갑자기, 근거없이'.

āgantunā: āgantu *m.* '낯선자', *sg. Ins..* saha: *ind.* '함께, 더불어' (구격 지배). maitrī: mitra *n.* '친구', *f. sg. No.* '우정'. na: *ind.* '아니' (영어의 not에 해당). yuktā: √yuj '적합하다, 결합하다', *ppp. f. sg. No..* tathā: *ind.* '그래서, 그와 같이'. coktam→ca-uktam: ca *ind.* '그리고', uktam 상동. ajñāta-kula-sīlasya: a- 부정의 접두사; jñāta, √jñā '알다, 인식하다', *ppp.,* '모르는' ; kula *n.* '가문, 종족' ; sīlasya, sīla *m.* '성향, 습관', *sg. Ge..* vāso: vāsa *m.* '집, 거처', *sg. No..* deyo→deyaḥ: √dā '주다', *fpp. m. sg. No..* kasya-cit: kasya, ka *inter.pron.* '누구, 무엇', *m. sg. Ge.,* cit가 붙어서 부정(不定)의 의미를 갖는다, '그 누구에게'. mārjārasya: mārjāra *m.* '고양이', *sg. Ge..* hi: *ind.* '실로, 왜냐하면'. doṣena: doṣa *m.* '악, 결함, 잘못', *sg. Ins..* hato→hataḥ: √han '해치다, 죽이다', *ppp. m. sg. No..* gṛdhro→~raḥ: gṛdhra *m.* '독수리', *sg. No..* jaradgavaḥ: *prop.n.* '자라드가와', *m. sg. No..* tāv→tau: 상동. āhatu?: √āha '말하다', *3. du. pres..* katham: *ind.* '어떻게'. etat: eta *dem.pron.* '이것', *n. sg. No..* kākaḥ: kāka 상동, *sg. Ins..* kathayati: √kath '이야기하다', *3. sg. pres..*

[국역]

그곳에 있는 짬빠까 나무의 가지에 사슴의 오랜 친구인 수분드히라고 부르는 까마귀가 살고 있었다. 그 둘을 보자 까마귀가 말했다. '여보게, 찌뜨랑가. 이 두 번째 분은 누구신가?' 사슴이 답했다. '이 분은 재칼일세. 우리의 우정을 원하여 오셨다네.' 까마귀가 말했다. '연고 없이 낯선자와 우정을 맺는 것은 옳지 못하네. 그래서 [이렇게] 말했네.

56. 그 출신(가문)이나 성향을 모르는 그 누구에게도 거처를 제공

해서는 안 된다.

왜냐하면 고양이의 악으로 인해 독수리 자라드가와가 살해되

었기 때문이다.'

그 둘(=사슴과 재칼)이 말했다. '어찌하여 그런가?' 까마귀가 이야기했다.

약호(略號)

m. : masculine (남성명사)

f. : feminine (여성명사)

n. : neutral (중성명사)

sg. : singular (단수)

pl. : plural (복수)

du. : dual (양수)

No. : nominative (주격)

Ac. : accusative (목적격)

In. : instrumental (구격)

Da. : dative (여격)

Ab. : ablative (탈격)

Ge. : genitive (소유격)

Lo. : locative (처격)

Vo. : vocative (호격)

prop.n. : proper noun (고유명사)

car.num. : cardinal number (기수)

ord.num. : ordinal number (서수)

pers.pron. : personal pronoun (인칭대명사)

dem.pron. : demonstrative pronoun (지시대명사)

inter.pron. : interrogative pronoun (의문대명사)

rel.pron. : relative pronoun (관계대명사)

indef.pron. : indefinite pronoun (부정대명사)

adj. : adjective (형용사)

ind. : indeclinable (불변화사)

intj. : interjection (간투사)

pres.part. : present participle (현재분사)

ppp. : past passive participle (과거수동분사)

fpp. : future passive participle (미래수동분사)

conj.part. : conjunctive participle (접속분사)

inf. : infinitive (부정사)

√ : root (동사어근)

1. : first person (1인칭)

2. : second person (2인칭)

3. : third person (3인칭)

pres. : present (현재)

impf. : imperfect (부정과거)

imper. : imperative (명령법)

opt. : optative (원망법)

caus. : causative (사역동사)

통나무 권장도서 목록

『인도에 대하여』, 이지수 지음

『한자학 강의』, 최영애 지음

『중국어란 무엇인가』, 최영애 지음

『중국어음운학』, 최영애 지음

『백두산 이야기』, 류재수 글 · 그림

『일본정치사상사연구』, 마루야마 마사오 지음 · 김석근 옮김

『주자의 자연학』, 야마다 케이지 지음 · 김석근 옮김

『한 젊은 유학자의 초상-王陽明 평전』, 뚜 웨이밍 지음 · 권미숙 옮김

『중고생을 위한 미술강의』, 김병종 지음

『중고생을 위한 고사성서강의』, 한형조 지음

『베트남일기』, 전경수 지음

『화이트헤드 과정철학의 이해』, 문창옥 지음

『화이트헤드철학의 모험』, 문창옥 지음

『화이트헤드와 인간의 시간경험』, 오영환 지음

『氣學』, 최한기 지음 · 손병욱 옮김

『東學 I 』, 삼암장 표영삼 지음

『內經病理學』, 최승훈 지음

『과학과 철학』 제1~11집, 과학사상연구회 편

『한계의 과학, 한계의 형이상학』, 이봉재 外 지음

『생물학의 시대』, 최재천 外 지음

『온생명에 대하여』, 장회익 外 지음

【도올 김용옥선생님의 저술목록】

『여자란 무엇인가』, 『東洋學 어떻게 할 것인가』

『절차탁마대기만성』, 『루어투어 시앙쯔』(윗대목 · 아랫대목)

『중고생을 위한 철학강의』, 『아름다움과 추함』, 『新韓國紀』

『절차탁대기만성마』, 『새춘향뎐』, 『三國遺事引得』

『老子哲學 이것이다』, 『나는 佛敎를 이렇게 본다』, 『길과 얻음』

『신한국기』, 『白頭山神曲 · 氣哲學의 構造』, 『石濤畵論』

『태권도철학의 구성원리』, 『도올세설』, 『대화』, 『기철학산조』

『醫山問答: 기옹은 이렇게 말했다』, 『天命 · 開闢』

『삼국통일과 한국통일』(上 · 下), 『도올선생 中庸講義』, 『건강하세요 I』

『話頭, 혜능과 셰익스피어』, 『이성의 기능』

『도올 김용옥의 金剛經 강해』, 『노자와 21세기』(1 · 2 · 3)

『도올논어』(1 · 2 · 3), 『달라이라마와 도올의 만남』(1 · 2 · 3)

도올문집 시리즈

제1집: 『도올의 청계천이야기』
제2집: 『讀氣學說』 - 최한기의 삶과 생각
제3집: 『혜강 최한기와 유교』 - 『기학』과 『인정』을 다시 말한다
제4집: 『삼봉 정도전의 건국철학』 - 『조선경국전』 『불씨잡변』의 탐구
제5집: 『도올심득 동경대전』 - 플레타르키아의 신세계(1)
제8집: 『도올의 국가비전』 - 신행정수도와 남북화해
제9집: 『앙코르 와트 · 월남 가다』(상)
제10집: 『앙코르 와트 · 월남 가다』(하)

인도의 지혜, 히또빠데샤

2005년 4월 10일 초판발행
2005년 4월 10일 1판 1쇄

지은이 나라야나
옮긴이 이 지 수
펴낸이 남 호 섭
펴낸곳 통 나 무

서울 종로구 동숭동 199-27
전화: (02) 744-7992
팩스: (02) 762-8520
출판등록 1989. 11. 3. 제1-970호

ⓒ Ji Soo Lee, 2005　　　　값 15,000원

ISBN 89-8264-110-6　(03890)